가족 조르기

일러두기

일본에서는 천황이라고 부르지만 우리나라에서는 일반적으로 일왕이라 부르며
이 책에서는 일본 표기인 텐노를 살렸습니다.

———

KAZOKU SHURYO by Junko Sakai
Copyright © 2019 Sakai Junko
All rights reserved.
First published in Japan in 2019 by SHUEISHA Inc., Tokyo.
Korean edition published by arrangement with
Shueisha Inc., Tokyo in care of JAPAN UNI Agency Inc., Tokyo
through BC Agency

가족 종료

사카이 준코 지음 | 남혜림 옮김

사□□계절

한동안 병으로 요양 중이던 오빠가 세상을 뜨면서 제게 '가족'이었던 사람은 이제 아무도 세상에 남지 않게 되었습니다. 태어나서 자란 가족을 '생육가족', 결혼 등으로 인해 새로 생긴 가족을 '창설가족'이라고 한다는데 제 생육가족의 구성원은 저만 빼고 모두 세상을 떠난 거지요. 이제 가족이라는 게 끝이 났구나 싶더군요. 오빠가 올케와 조카를 남기고 갔다지만 두 사람은 오빠의 창설가족이지 제 생육가족은 아닙니다. 그리고 저에게 동거인(남성)은 있지만 혼인 관계도 아니고 아이도 없습니다. 가족이 사라진 상황인 거지요.

제 나이 삼십대에 아버지가, 사십대에 어머니가 돌아

가시자 오빠와 제가 생육가족으로 남았습니다. 형제란 자라면서 남남이 되는 법이라지요. 저와 오빠도 사이가 나쁜 편은 아니었지만 그렇다고 딱히 좋지도 않은, 그저 필요한 만큼만 오가는 사이였습니다. 굳이 "우리집은 말이야……." 하며 생육가족 이야기를 나눠본 적도 없이, 그렇게 세월은 흘렀습니다.

그런데 오빠가 세상을 뜨고나니 새삼 오빠의 부재가 저에게는 생육가족의 소멸을 의미한다는 사실을 깨달았습니다. "우리집 니쿠자가(고기감자조림)에 소고기를 넣었나, 돼지고기를 넣었나? 아니 니쿠자가를 먹긴 먹었나?", "왜 우리집에는 세뱃돈 주고받는 풍습이 없었지? 돈 아끼느라? 아니면 그렇게 하자고 약속이라도 했었나?" 같은 하나도 중요하지 않지만 알고는 싶은, 가족에 대한 궁금증을 털어놓을 상대가 이제 없는 것입니다. 제 생육가족에 대한 기억은 제 빈약한 해마海馬에만 존재하게 된 거지요.

아이가 있는 사람이라면 자신의 창설가족에게 생육가족의 기억을 불어넣어서 가족의 혼을 이어나가겠지요. 내 어머니가 만들어주셨던 햄버그스테이크를 내 아이에게도 먹여서 가족의 맛을 이어가는 것. 말투나 예의범절, 교육 방침, 또는 수건 교체 주기나 도시코시소바(일본에서 섣달 그

믐밤 무병장수를 기원하며 먹는 전통음식) 먹는 타이밍 같은 소소한 일들까지 배우자와 합의하면서 자신의 창설가족에 전수할 것이고요.

하지만 저는 창설가족이 없다 보니 가족에 대한 기억도 저를 마지막으로 끝나게 됩니다. 나어린 조카가 오빠가 지니고 있던 생육가족의 기억을 그다지 이어받았을 것 같지도 않네요. 제가 죽으면 제 안에 간직해왔던 가족에 대한 기억도 깡그리 사라지겠지요.

그런데 이런 생각을 한다고 해서 슬프거나 쓸쓸하거나 원통한가 하면 딱히 그렇지도 않은 거예요. 이미 그렇게 된 걸 어쩌겠어요. 대단한 명문가도 아니고 물려받을 기술이나 간판이 있는 것도 아니다 보니 사라진다 한들 그게 큰 문제일까 싶어요.

그리고 요즘 일본에는 저와 같은 사고방식을 지닌 사람들이 적지 않습니다. 가족이 사라지는 현장에 있으면서도 그에 관한 기억이 사라진다는 사실에 별 감흥이 없는 저 같은 사람이 많다 보니 일본의 인구가 줄어드는 것일 테고요.

일본인은 본디 어딘가에 '소속됨'으로써 행복을 느꼈던 모양입니다. 직장의 일원, 지역의 일원 하는 식으로 어떤 조직의 구성원이 되는 것이 무탈하게 살아가기 위한 전제

조건이었던 셈이지요. 그중에서도 가장 중요한 조직이 가족 아니었을까요?

옛날 소설이나 영화를 보다 보면 가족이라는 조직이 단절되지 않고 이어질 수 있도록 일본인이 얼마나 애써왔는지, 당시 사용했던 언어를 보면 알 수 있습니다. 가령 '결혼하다'는 말은 '몸을 다잡다身を固める(직역하면 '몸을 단단히 하다', 즉 '몸과 마음을 다잡아 단단히 채비하다'라는 뜻)'라는 의미였지요. 결혼하지 않은 사람은 아직 '몸이 제자리를 잡지 못한 상태'이며 배우자를 만나야 비로소 중심이 잡힌다는 뜻입니다.

부모는 아들에게 얼른 '몸을 다잡으라'며, 그러니까 장가가라고 다그치곤 했습니다. 아들이 창설가족을 만들지 않으면 대가 끊어진다느니, '결혼 안 한 사람은 아직 어른이 아니'라느니 하며 결혼을 종용한 거죠.

한편 딸을 시집보낼 때는 '치운다'고 표현했습니다. "우리 딸도 이제 겨우 치웠다오.", "저희는 아직 딸자식을 치우질 못해서 걱정이에요." 하는 식으로 말이지요. 나이 꽉 찬 딸이 시집도 안 가고 생육가족에 머물러 있다는 것은 부자연스럽고 불행한 일이었습니다. 딸은 혼기가 차면 얼른 남의 집으로 보내야 할, 즉 '치워'야 할 존재였습니다.

지금 그런 표현을 썼다가는 '정치적 올바름political correctness(다문화주의를 주창하면서 성차별이나 인종차별에 근거한 언어 사용이나 활동을 바로 잡으려는 운동)'에 민감한 사람들한테 항의깨나 듣겠지요. 하지만 옛날 어르신들은 젊은이들이 팔자 좋게 독신으로 눌러 있지 못하도록 일부러 야박하게 말했습니다. 때가 되면 젊은이들은 생육가족에서 창설가족으로 소속을 바꿔야만 했으니까요.

자식이 창설가족을 만들지 않아 대가 끊길까봐 부모는 자식을 압박했습니다. 그런데 옛날 사람들이 왜 그렇게까지 대 잇기에 목을 맸는지 우리로서는 이해하기 힘든 부분이 있습니다. 이렇다 할 설명도 없이 원래 그런 거라며 남자아이는 때가 되면 '몸을 다잡'고, 여자아이는 '남의 집으로 치워져' 아이를 낳았습니다. 아이가 없으면 양자라도 들여 어떻게든 대를 이으려고 했지요.

요즘 세상에는 보기 힘든 풍경이지만 예전에는 대를 잇기 위해 양자를 보내거나 들이는 일이 흔했습니다. 사실제 아버지도 아이가 없던 친척 가족인 사카이 가문에 양자로 들어온 경우였어요. 친부모가 근처에 살았지만 아버지는 퍽 연세가 많은 양부모 밑에서 자라셨지요. 지금이라도 "아버지도 힘드셨겠네요." 하고 한마디 건네고 싶네요. 하지만 저희 아버지가 친부모 슬하를 떠나 외로움을 견디며 지켜온 사카이 가문도 이제, 못난 딸자식 때문에 '가족 종료'를 선고받을 처지가 되었군요. 시대가 시대이기는 하지만, 우리 아버지도 이중으로 딱하게 되었네요.

이 상황을 보면 조부모와 제 세대 사이의 가족에 대한 인식이 얼마나 달라졌는지 알 수 있지요. 메이지 시대 (1868~1912년, 일본 근대의 메이지텐노 통치 시대)에 태어나신 제 조부모님은 양자를 통해서라도 대를 이어야 한다고 생각했습니다. 이윽고 그 양자도 결혼을 해서 남자아이와 여자아이, 즉 오빠와 저를 낳았습니다. 이로써 집안이 순조롭게 이어지겠구나 싶으셨겠지만, 그렇게 되지는 않았네요.

'대를 이어야 한다'는 생각은 어째서 제 세대에서 소멸하게 된 것일까요? 가만히 살펴보니 거기에는 '행복이란 무엇인가?'라는 생각에 대한 변화가 있었습니다. 조부모 시대에는 어딘가에 '소속'되는 것 자체가 행복이었습니다. 그 행복은 개인이 아닌, 가족이나 지역 같은 조직 차원에서 얻을 수 있는 것이었겠지요. 그렇다 보니 소속된 곳이 없으면 행복해질 수 없다는 생각에 어떻게 해서든 집안을 이어가야 했던 거고요.

하지만 그 후 시대는 변했습니다. 제2차세계대전 당시

일본인들은 '나라를 위한다'는 명분 아래 최상위 조직인 국가에 헌신했고 그 조직을 위해 목숨을 바치는 것이 행복인 줄 알고 살았습니다. 그러나 전쟁에 패하고 미국에서 개인주의가 물밀듯이 들어오면서 사람들은 개인이 행복을 추구해도 된다는 사실에 눈뜨게 됩니다. '소속된다는 것, 행복은커녕 아무것도 아니었던 거 아냐? 사람을 옭아매기만 하고.' 하며 사람들의 속마음이 나오기 시작한 거지요.

이때부터 일본인은 중매가 아닌 연애로 결혼하거나 여자들도 바깥일을 하는 등 개인의 행복과 삶을 추구하게 됩니다. 제 아버지는 그 시대적 급변의 중심에 서 있던 세대입니다. 어렸을 때 아버지는 미국 대항전에서 '텐노(일왕의 일본 공식 명칭) 폐하 만세'를 부르짖던 군국주의 소년이었지만 대학 시절에는 미군 기지에서 아르바이트를 하면서 영어를 배웠다고 해요. 시급이 당시로서는 상당히 고액이었다고 하네요. 아버지보다 열 살 아래인 어머니는 전후 민주주의 교육을 받고 자란 세대로 개인의 행복을 추구하는 데 망설임이 없었습니다. 그런 두 사람이 만나 연애하고 결혼했으니 태어난 아이들에게 '무조건 대를 이어야 한다'는 식의 교육은 당연히 하지 않았지요.

일본 전역에서 대를 이어야 한다는 요구가 빗발치는

곳은 아무래도 텐노가이지요. 텐노가를 보면 알 수 있듯 가문을 존속시키기란 쉽지 않은 일입니다. 헤이세이텐노 (1989~2019년)는 세 명의 자식을 두었습니다. 처음에야 '이로써 텐노가의 안녕이 이루어졌다'고 생각했을지도 모르겠습니다. 하지만 차남을 빼면 두 명은 늦게 결혼했고 텐노가를 이을 사내아이는 세 명의 자식 중 한 명에게서만 태어났습니다. 차남의 부인이 서른아홉의 나이에 거짓말처럼 임신에 성공해서 낳은 귀한 사내아이가 일본 황실의 생명 줄인 거지요.

대 잇기가 일본의 어느 집보다 중요한 텐노가조차 이 지경이니 평범한 집이라면 정신 줄 놓고 있다가는 곧 대가 끊어지고 맙니다. 제 친구들을 봐도 형제자매가 모두 결혼해서 모두 아이가 있는 경우는 드뭅니다.

이렇듯 집안을 이어가기가 얼마나 어려운지 알고 있었기에, 전통적으로 일본에서는 남녀, 또는 장남 및 차남 이하를 확연히 다른 방식으로 훈육했습니다. 장남에게는 '대를 이을' 존재로서, 반면 차남 이하의 아들이나 딸에게는 '언젠가 집을 떠날' 존재로서의 자각을 어렸을 때부터 주입한 거지요.

하지만 그런 교육도 전후 개인주의가 유입되면서 약해

지기 시작합니다. '이에제도(1891년에 제정된 일본의 가족제도로, 호주에게 가족 통솔 권한을 줌)'에 불만이 있던 사람들은 개인의 인생을 추구했습니다. 집에 얽매이지 않고 홀가분하고 즐겁게 살자는 거지요.

우리집도 그런 시대에 두 명의 젊은이가 만나 만들어진, 쇼와 시대(쇼와텐노 재위 기간. 1926년 12월 25일~1989년 1월 7일) 고도성장기의 가족이었습니다. 그보다 더 앞선 시대였다면 젊은이들은 부모가 정한 사람과 백년가약을 맺었겠지만, 제 부모님은 자유연애로 결혼에 골인합니다. 양친의 반대도 있었던 모양이지만 그런 반대가 사랑하는 두 청춘에게 무슨 의미가 있었겠어요. 그저 함께 있고 싶다는 마음을 따를 뿐, 집안을 잇겠다는 생각 따위 있었을 리가 없지요.

제 어린 시절을 돌이켜봐도, 부모님이 딱히 가문에 대한 생각을 주입하신 적은 없습니다. 오빠가 어떤 교육을 받는지는 모르겠지만 적어도 맏아들이니까 대를 이어야한다는 식의 구구한 다짐을 듣지는 않았을 거예요. 물론 저도 시집가서 훌륭한 며느리가 되어야 한다는 식의 교육은 전혀 받은 바가 없고요.

다만 한 가지 기억나는 게 있다면, 어머니가 여자는 결혼하면 어차피 집안일을 해야 하니까 벌써부터 할 것 없다며 저에게 집안일을 시키지 않았던 것입니다. 어머니도 딸은 언젠가 남의 집 며느리가 될 몸이라고 생각했던 것 같지만, 그렇다고 결혼해서 망신당할 일 없게 미리 집안일을 익혀두어야 한다고는 생각하지 않으신 것 같습니다. 평생 할 집안일, 안 그래도 안쓰러운데 벌써부터 할 필요는 없다고 생각하게 된 것은 시대의 영향이었을까요? 아니면 어머니의 개인적인 성향 때문이었을까요? 그런 어머니가 딸인 저에게 강조한 것은 젊었을 때 실컷 놀아두라는 것이었습니다.

"엄마는 학생 때 정말이지 신나게 놀았단다. 그러니까 너도 그래야지."

어머니는 이렇게 말하며 사춘기 딸이 몇 시에 나가 몇 시에 집에 오든 상관하지 않았습니다. '신나지 않으면 인생이 아니다'식의, 왕년의 후지TV 슬로건과도 같은 독특한 교육 방침을 갖고 계셨지요.

그 덕에 저도 신나게 놀며 80년대를 보내기는 했지만, 너무 큰 자유가 주어지면 오히려 스스로 자제하는 법입니다. 제가 할 거 다 하면서도 경찰 신세를 지지 않고 청춘기를 넘길 수 있었던 것은 '모든 것은 아이의 자율성에 맡긴다'는 부모님의 만용이 효과가 있었기 때문인지도 모릅니다. 또한 여자아이는 집안일 같은 거 안 해도 된다는 교육 역시 저로 하여금 '그렇지만 내가 안 하면 누가 하겠어?' 라는 생각을 하게 만들었고, 저는 지금 딱히 집안일을 싫어하지 않는답니다.

'자신의 책임하에 개인의 행복을 추구한다'는 저희 부모님의 이런 교육 방침을 '결과가 좋았으니 좋게 생각할 수 있던 것'이라고 볼 수도 있겠지요. 그런데 이런 방침이 '가족 창설'에서만큼은 유독 소용이 없었던 모양입니다. 젊은이에게 개인의 행복 추구란 그저 신나게 사는 걸 뜻할 뿐이라, 저는 치장을 하고 이성과 사귀거나 운동을 하거나 여행 다니는 데 온 힘을 쏟아가며 청춘을 보냈습니다.

어머니와 제 세대와의 차이점이라면, 어머니 세대에는 '결혼은 필수'라는 의식이 뿌리 깊이 있었다는 점입니다. 젊어서 아무리 잘나가던 여자라도 스물 남짓이 되면 벌써 '그래도 여자가 살길은 결혼밖에 없다'며 이런저런 방식으로 '치워졌'던 것이 어머니 세대였지요.

그러다가 제 세대가 되면서 소속이 주는 행복보다 자유가 주는 행복을 중요하게 생각하는 경향이 강해졌고, 결혼은 나중 일이 되었습니다. 어머니는 저도 당신처럼 때가 되면 적당히 시집가리라 믿었겠지만 그런 일은 일어나지 않았지요.

제가 이십대였을 때, 여자가 즐겁게 살고자 마음먹으면 못할 것이 없었습니다. 결혼은 모두가 하는 당연한 일이 아니었고, 본인이 혼자 사는 삶이 좋다면 부모라고 해서 말릴 수는 없는 시대였지요. 가정을 꾸린다는 것은 신나는 일들을 포기한다는 뜻이기도 합니다. '조금만 더, 조금만 더' 하면서 덩실덩실 흥에 취해 있는 사이 세월은 가고 정신을 차려보니 나이는 어느덧 오십 줄. 옛날 같았으면 인생 거의 다 살았다 해도 이상할 게 없는 나이가 되었습니다.

즐거움을 참아가며 아이를 키워온 친구들을 보니 곁에는 어느새 아들딸들이 번듯이 자라나 있네요. 전구를 갈아주거나 맛있는 음식을 만들어주기도 하고 외식을 시켜주기도 하는 아주 어엿한 젊은이들이 되었습니다. 창설가족이 성숙해서 이제 슬슬 새로운 분열을 하려는 시기에 들어선 것입니다.

한편 저는 생육가족이 모두 세상을 뜨면서 가족 종료를 맞이했지요. 돌이켜보건대, 지금껏 누구 한둘은 있었던 가족이 더 이상 존재하지 않는다는 것은 처음 겪는 일입니다. 그렇기에 저는 지금 가족이라는 것에 대해 다시 한번 생각해보고자 합니다. 나에게 가족이란 무엇이었나. 지금 일본이라는 나라에서 가족은 어떤 기능을 하고 있나. 가족 종료의 종소리가 울려 퍼지는 가운데, 가족이 없기에 비로소 할 수 있는 무언가가 있을지도 모르니까요.

차례

1

/

이보다 더 애틋할 순 없는
부모자식

/

2018년 1월, 구사쓰 시라네산(일본 군마현에 있는 해발 2160m 의 활화산. 하이킹, 스키, 온천을 즐길 수 있는 관광지)이 분화했을 때의 일입니다. 저도 구사쓰 지역을 사랑하는 한 사람으로 서 뉴스를 지켜보고 있었지요. 스마트폰이 보급되면서 사 건 사고 현장에서 도착한 생생한 영상이 바로바로 뉴스를 타게 되었습니다. 구사쓰에서도 다양한 영상이 찍혔는데 제 눈과 귀를 사로잡은 것은 스키장 케이블카에 타고 있던 사람들이 분화 후에 찍은 영상이었습니다.

사방에서 화산 자갈이 튀는 가운데 케이블카에 갇힌 사 람이 찍은 그 영상에는 촬영자의 친구로 보이는 청년이 전 화를 거는 모습이 찍혀 있었습니다. 전화를 받은 사람은 청년의 아버지. 청년은 아버지에게 절박한 목소리로 현재 상황을 전하더니 이렇게 말했습니다.

"파파(아빠), 사랑해!"

경박하게 들릴지 모르지만 제가 놀랐던 부분은 영상 속화산 분화 장면이 아닌, '아빠, 사랑해!'라는 한마디였습니다. 젊은이는 이미 어린아이가 아닌 청년. 아버지를 '아빠'라고 하는 것은 그렇다 쳐도 그를 '사랑한다'고 표현한 데서 부모자식 관계의 변화에 격세지감을 느낀 거지요.

코앞에서 화산이 터지는, 죽음의 가능성이 임박한 상황에서 부모에게 애정 표현을 하는 것은 당연한 일이겠지요. 하지만 제 세대 이상의 남자들이라면 아버지에게 사랑한다고 외칠 마음은 아예 없을 것이고, 기껏해야 "아버지, 지금까지 감사했어요!" 정도가 아니었을까요?

제가 십대 시절로 돌아가 같은 상황에 처한다 해도 부모에게 절대 '사랑한다'고는 못 할 것 같아요. '사랑한다'는 말은 제 어휘 서랍 안에서 겨우 한자리 차지하고는 있지만 아주 깊숙이, 저 안쪽에 사장되어 있을 뿐입니다. 여차하면 바로 튀어나갈 수 있는 위치에서 스탠바이하고 있는 게 아니다 보니 저 역시 최대한 노력해서 말해봤자, "지금까지 감사했어요!" 정도일 것입니다.

아빠를 사랑하는 젊은이를 보며 아버지랑 아들도 드디어 친구 같은 사이가 된 건가 싶었습니다. 제가 젊었을 때만 해도 청년들은 일정 시기가 되면 아버지에게 대들고 반항하는 것이 예사였습니다. 아버지에게 반항한다는 것은 청년에게는 통과의례 같은 것이며 그 반항을 극복했을 때 비로소 어른이 될 수 있었지요.

남자들은 아버지에 대한 반항이 시작되면서 부모를 부르는 방식도 바뀝니다. 저희 오빠도 어렸을 때는 '오토상(아버지, 아빠)', '오카상(어머니, 엄마)'이라고 하다가 중학생쯤 되자 부모님을 부르는 횟수가 줄어들더니 머지않아 아예 부르지 않게 되었지요. 그러더니 대학생이 되어서 갑자기 '오야지(아버지, 아저씨, 영감. 주로 성인 남성이 아버지나 아버지뻘 남성을 다소 무람없이 부를 때 사용하는 말)', '오후쿠로(주로 성인 남성이 어머니를 부를 때 사용하는 속어. '어무니' 정도)' 하고 부르는 걸 보며 제가 괜히 민망했던 기억이 나네요. 그것이 아마 오빠의 '탈피' 신호였던 거겠지요.

요즘 젊은이들 중에도 아버지에게 반항하는 친구들은 있습니다. 옛날식 반항기를 거친 뒤 어머니를 '바바아(할멈, 노파)'라 부르는 청년들도 있지요. 하지만 저희 때와 비교해보면 반항기를 겪는 아이들의 비율은 아무리 봐도 줄어든 것 같습니다. 제 친구들의 아이들이 마침 청년기에 접어든 경우가 많은데요, 우리 애는 반항기 없었다고 하는 친구도 적지 않습니다. 사춘기를 거쳐 청년기에 접어들어도 부모와 줄곧 사이가 좋은 거지요. 본인이 직장에 다녀 아이가 남편과 있는 시간이 더 길다는 한 친구는 아이가 자기보다 남편하고 사이가 더 좋다고 말하기도 했지요. 지금 청년들은 아버지에게도 어머니 대하듯 하다 보니 아버지와 맞서거나 극복할 필요도 없이 친구 같은 사이로 지낼 수 있는 모양입니다.

제가 대학생 시절 소속되어 있던 스포츠 동아리가 있는데, 지금 활동하고 있는 회원들만 봐도 하나같이 부모와 사이가 좋습니다. 시합이 열리는 곳이 동북 지방이든 규슈든, 부모들은 먼 데까지 달려와 이겨도 울고, 져도 울고 하는 식입니다.

제가 현역이었을 때는 부모가 시합에 따라온다는 건, 무슨 올림픽 출전도 아니고 생각해본 적 없었습니다. 어쩌다 부모님이 보러 오겠다고 해도 "오지 마. 창피하게." 하고 말렸겠지요. 그때에 비하면 부모자식 사이의 거리는 확실히 가까워졌습니다.

졸업하고 이 동아리 관련 모임을 떠나는 한 4학년 남학생이 발언을 할 기회가 있었습니다. 그런데 이 친구가 발언 중에 이렇게 외치는 거였어요.

"마지막으로 감사드리는 분은…… 제 어머님이십니다!"

거기서 끝이 아니고 어머니를 단상에 불러서는 뜨거운 포옹을 나누었지요. 대학 당국의 높으신 분들부터 왕년의 대선배들까지 모신 자리. 말할 것도 없이 선배들 자리에서는 불안한 웅성거림이 들려옵니다. 그러나 정작 두 모자는 행복에 겨운 표정입니다. 저도 선배들과 마찬가지로 이게 뭔가 싶었습니다. 남들 앞에서 자기 어머니를 높여 부르질 않나 끌어안질 않나, 어디 남의 나라 일만 같았어요(사적인 관계에서 자신의 어머니를 높여 부르는 '오카상'이라는 호칭을 공적인 자리에서 썼기 때문에 저자는 당혹감을 느끼고 있다). 내가 아이 없이 넋 놓고 지내는 동안 이 나라의 부모자식 관계가 어디까지 간 거지? 그 일이 있은 후 저는 만나는 사람마다 붙잡고 물어보았습니다. 이 상황을 어떻게 생각하는지.

"말도 안 되지! 공적인 동아리 행사 자리라면 자기 엄마한테 고마워하기 전에 먼저 선후배나 동기들에게 감사 인사부터 하는 게 도리잖아. 게다가 그런 자리에서 포옹이라니, 어떻게 된 거 아냐?" 노기를 띠며 말하는 사람은 저와 비슷한 나이인 진지한 성격의 운동부 출신 남성(딸 있음).

"싫다. 마마보이가 정말 있었군요! 어떤 여자가 그런 남자랑 결혼할지, 불쌍하네요." 하고 말한 사람은 삼십 살 여성(딸 있음).

엄마랑 사이가 좋은 것을 전혀 부끄러워하지 않는 남자들을 마마보이라고 하던데, 여자들이라고 해서 이를 좋게만 보지는 않는 모양입니다. 아이 없는 기혼의 제 또래 여성도 이렇게 말했습니다.

"요즘 젊은 남자들, 마마보이인 걸 굳이 감추지도 않는다더니 진짜였구나. 그건 그렇다 쳐도 그 엄마도 멀쩡히 포용을 하고 대단하네……."

'내가 자식도 없는 매정한 사람이라서 그 행동이 이상해 보이는 게 아니었구나, 다행이다.'라고 생각하며 이번에는 아이가 있는 제 또래 여성들에게 운을 띄웠더니, "뭐, 이해 가는데…….", "그럴 수도 있지 않아?" 하는 의견이 속출하는 것이었습니다. 세상 놀라운 일인 것처럼 너무 호들갑을 떠는 말투로 물어서 그런지 어딘가 뜨뜻미지근한 대답이긴 했지만 그렇게까지 이상한 일이라고는 하지 않는 거였어요. 개중에는 이런 이야기를 들려주는 친구도 있었습니다.

"우리 아들 학교 럭비부에서는 마지막 시합 끝날 때마다 애들이 엄마들을 공주님처럼 번쩍 들어올린 채로 사진까지 찍어. 엄마들도 다들 좋아하고 애들도 싫어하지 않던데."

말인즉슨, '엄마랑 포옹 정도야 당연히 할 수 있지. 키우시느라 얼마나 고생했는데.'라는 거지요. 저는 정신이 멍해졌습니다. 생각해보니 그녀들은 모두 아들 둔 엄마들이었어요. 모자의 사이도 좋았지요. 종종 아들 둔 엄마들에게서는 섬뜩한 이야기를 들을 때가 있습니다.

"나중에 나에게서 못 벗어나게 키워야지."

"세상에서 너를 가장 생각해주는 여자가 누구일지 잘 생각해보라고 아들한테 단단히 일러두고 있어."

아들 앞에서는 엄마도 한편 '여자'라는 생각이 드는 모양입니다. 자식이 있는 사람들은 저에게 "애를 안 낳아봐서 모른다."고 하던데, 아들을 향해 품는 '여성성'에 대한 의식이랄까, 소유의식 같은 것이야말로 저처럼 자식이 없는 여성이 가장 이해할 수 없는 부분인지도 모르겠습니다.

아키시노노미야(현 나루히토텐노의 남동생 아키시노노미야 후미히토) 가문의 마코(아키시노노미야 후미히토의 장녀)님이 고무로 케이(일반인 남성) 씨와 약혼한다는 뉴스가 전해지자 고

무로의 어머니가 아들을 '왕자'라고 부른다는 둥 다정한 모자 사이의 일화나 사진이 주간지를 장식했습니다. 마마보이라 보는 시각도 있는 모양이지만 그 나이대에 그 정도는 이제 마마보이도 아닙니다. 마마보이를 둔 엄마들에게는 "어머나, 아드님이 정말 다정하네요. 좋으시겠다." 하고 말해줘야 하는 거죠.

제 어머니의 경우는 아들 사랑이 그렇게까지 끔찍하지는 않았던 것 같습니다. 어머니가 평생토록 여자이기를 포기하지 않으셨던 분이기는 하지만 아들에게는 딱히 그러지 않았어요. 여자이고자 하는 욕구가 너무 강해 아들 가지고는 그 욕구를 다 충족시킬 수 없었던 것인지도 모르겠습니다. 하지만 그 시절에는 일반적인 다른 엄마도 아들과 껴안거나 하지 않았던 것 같아요.

옛날 엄마들도 속으로는 아들과 포옹도 하고 싶었겠지요. 하지만 '아들을 향한 마음을 내색하면 안 된다'는 생각이 있었던 게 지금과 다른 점이 아닐까요?

제 어머니 때는 마마보이를 터부시하는 분위기가 지금보다 훨씬 강했습니다. 엄마와 아들이 딱 붙어 있으면 바로 '마마보이' 소리를 들었기 때문에 아들들도 지금처럼 당당하게 엄마에게 가까이 갈 수 없었지요. 엄마들도 집 밖에서는 아들에 대한 애틋한 마음을 발산하지 않도록 자제했을 것입니다.

하지만 시간이 지나 마마보이는 나쁜 것이 아니게 되었습니다. 저출산으로 아이가 있기만 해도 감지덕지하는 세상이 되자 아이는 애지중지 키워야 할 소중한 존재가 된 거지요. 사회 일각에서 가정 해체 현상까지 나타나면서 친밀한 부모자식 관계의 가치는 더 높아지게 되었습니다. 사람들이 SNS에서 화목한 가족의 모습을 과시하려는 것도 무리가 아니지요.

남들 앞에서 자신의 부모를 '치치', '하하'라고 낮춰 부르지 않고 '오토상', '오카상'이라 높여 부르는 것도 이제는 당연한 일입니다. 요즘 아이들은 부모를 너무 좋아하다 보니 낮춰 부르기 싫은 모양입니다.

그런데 며칠 전 텔레비전에서 보니, 한 젊은 배우가 녹화 영상 속에서는 어머니를 '마마'라고 부르다가 스튜디오에서 이야기할 때는 '오카상'이라고 하더군요. 젊은 친구들은 '오카상'이 남들 앞에서 쓰는 격식 있는 말인 줄 잘못 알고 있는 모양입니다. 이런 인식에 대해서는 더 생각해볼 필요가 있을 것 같네요.

아무튼 일본의 부모자식 사이가 좋아지긴 한 모양입니

다. 메이지 시대 이후 백오십 년의 세월이 흘러 부모자식 간에도 사랑한다고 말하거나 껴안을 수 있게 되리라고는 이토 히로부미(일본의 정치적 근대화는 메이지 유신을 기점으로 하며 이토는 그 시기의 초대 총리라 언급한 것으로 보인다)도 미처 생각지 못했을 것입니다.

메이지 시대의 소설을 들여다보면 일본의 가정은 아버지의 권위가 유독 강조되는 수직적 사회였던 것을 알 수 있습니다. 그러던 것이 제2차세계대전 이후 아버지의 지위는 급격히 추락했고 가족의 수평화가 진행되었지요.

예전에는 서열이 낮은 자식이 서열이 높은 부모에게 순종하는 도식이 존재했습니다. 그러다 보니 사춘기가 되면 말을 안 듣기 시작하고 종국에는 부모를 뛰어넘으려 하기도 했고요. 하지만 수평화가 진행된 요즘 가정에서는 부모 자식 관계가 더 이상 상하 관계가 아닙니다. 가령 엄마의 이름이 '준코'면 '준짱', '준코' 하는 식으로 아이들이 부모를 이름으로 부르는 경우도 적지 않습니다.

이렇게 사이좋은 가족을 보며 놀라거나 이질감이 드는 것은 제 가족관이 진화하지 않았기 때문일 것입니다. 제때 결혼해서 아이를 낳았다면 저도 지금쯤 어쩌면 아들한테 안겨 있거나 두 손으로 번쩍 들어올려지고 있을지도 모르는 일입니다. 제 세대의 경우 생육가족은 수직적 사회였지만 결혼하면서 상하 관계없이 친구 같은 가족을 꾸린 세대니까요.

하지만 저는 새로운 가족을, 그리고 가족관을 형성하지 못했습니다. 지금은 곁에 없는 제 생육가족과는 친구 같은 사이가 아니었고, 또 그런 가족관을 지금도 유지하고 있다 보니 요즘 세상의 사이좋은 가족들을 볼 때마다 매번 깜짝깜짝 놀라는 거겠지요.

일전에 아는 청년이 자기 할머니를 두 손으로 번쩍 들어올리는 모습을 사진으로 찍어 SNS에 올렸더군요. 칠십 대 정도 되어 보이는 할머니 생신날에 찍은 사진이라는데, 남성의 두 팔에 번쩍 들어올려지는 것은 할머니 인생에 처음 있는 일이 아니었을까요?

아마 분명 행복하셨을 테지만 저는 이제 부모자식 사이뿐 아니라 조부모와 손주 사이도 이렇게까지 수평적인 관계가 되었구나 싶어 또 한 번 깜짝 놀랐습니다. 할아버지랑 고등학생 손녀딸이 함께 목욕했다는 얘기를 들어도 이제 놀라지 말아야지. 아니면 요즘은 두 손으로 번쩍 들어올려지는 것이 무슨 사회 복지의 일환 같은 차원에서 유행하고 있는 건가?

육친과 거리낌 없이 신체 접촉을 하는 젊은이가 늘어나고 있다는 사실은 분명해 보이는데, 그렇다면 육친이 아닌 이와의 신체 접촉에도 적극적일까요? 즉, 애인과도 망설임 없이 포옹을 하는 것인지 궁금합니다. 아무리 마마보이라도 엄마보다는 젊은 여성을 껴안고 싶을 것 같은데요.

하지만 젊은이들이 예전보다 연애에 적극적이라는 이야기는 못 들어봤어요. 저출산이 멈출 낌새를 안 보이니, 대체 어찌된 일일까요?

이런 생각을 하다 보니 '청년의 사랑은 엄마에게 흐르고 있다'는 가설이 떠오릅니다. 연애를 하다보면 때로 상대방의 거절에 상처받기도 하는 법인데, 엄마는 아들이 껴안거나 두 손으로 번쩍 들어올린다 해도 물리치는 법 없이 언제나 환영합니다. 엄마는 '나를 절대 뿌리치지 않는 여자'이고, 그렇기 때문에 마음 놓고 애정 표현을 할 수 있습니다. 뿐만 아니라 엄마라면 소위 '선'을 넘을 일이 없으니 생판 남과 하는 연애보다 훨씬 덜 신경이 쓰이겠지요. 아들과의 스킨십은 섹스리스 세대의 엄마들에게도 힘의 원천이 됩니다.

그런 요즘 젊은 친구들을 부모자식 사이가 데면데면했던 쇼와 시대의 생각으로 바라보노라면 조금 놀랍기도 하지만, 그런데 이게 본디 사람의 길인지도 모른다는 생각도 드는 거예요. 사이좋아서 나쁠 일은 없으니까요.

돌이켜보면 저는 부모님께 이렇다 할 애정 표현을 한 기억이 없습니다. 아버지가 돌아가셨을 때도 간병과 수발은 어머니에게 맡긴 채 임종 때에도 감동적인 말 한마디 건네지 못했어요. 역시 평소 입에 익지 않은 말은 위급한 상황에서도 밖으로 나오지 않는 모양입니다.

어머니는 돌연사 비슷하게 세상을 뜨셨는데, 병원 응급실에 실려온 어머니 상태가 위독해지자 저는 아버지가 돌아가실 때 아무 얘기도 하지 못했던 후회가 떠올랐습니다. 마지막 순간까지 소리는 들린다고 하지요. 그래서 용기를 쥐어짜내 어머니 귓전에 작은 목소리로 속삭인 것은, "고마워요." 이 한 마디였습니다. 그때까지 어머니가 저에게 쏟은 사랑을 이 한 마디 말로 퉁친 것이죠.

아아, 부모에게 사랑한다고 외칠 수 있는 이, 부모를 껴안을 수 있는 이에게 행복 있으라. 사랑도 고마움도 말이나 태도로 표현하지 않는 한 결코 상대방에게 전달되지 않는다는 것을 잘 알고 있는 지금, 요즘 젊은이들의 모습은 제게 너무나 눈부셔 보이네요. 그럼에도 그들을 보며 '헐' 하고 외치는 제 마음속에 자리 잡은 것, 그건 아마 '나는 이제 그런 사이좋은 가족들 사이에 있을 수 없다'는 사실을 알기에 느껴지는 질투겠지요.

2

콩가루 우리집

부끄러운 기색도 없이 엄마와 사이좋게 지내는 남자들에 대해 앞 장에서 적었는데요, 그런 남자들을 보며 놀라는 것은 제 자신이 부모님과 사이좋게 지내지 못했기 때문입니다. 저는 파파걸도 마마걸도 아니고, 부모와 항상 일정한 거리를 두는 딸이었지요.

우리집은 할머니와 부모님, 오빠, 저 이렇게 다섯 식구였습니다. 부부와 두 명의 자식은 쇼와 시대 고도성장기의 전형적인 가족 형태였습니다. 할머니까지 삼 대가 같이 사는 집은 당시 도쿄에서 이미 드문 편에 속했을 겁니다. 그래도 우리집은 제가 대학생이 되어 할머니가 돌아가실 때까지 쭉 다섯 식구를 유지했어요.

목조 단층집에 사람이 다섯, 많을 때는 개 한 마리에 고양이 두 마리까지 함께 살았네요. 가족 만화 「사자에상」처럼 화기애애한 집을 떠올리시는 분도 있을지 모르지만 현실은 달랐습니다. 들여다보면 은근히 바람 잘 날 없는 집이었지요.

아버지는 쇼와 한 자릿수 시대[1926(쇼와1)~1934(쇼와9)년, 쇼와 시대 전체는 1926~1989년] 태생으로, 어려서 군국주의 소년이었다고 털어놓기도 하셨습니다. 전쟁이 끝난 후 가지고 있는 교과서에 먹칠을 당한 세대였지요(제2차세계대전 패전 후, 연합군 최고사령관의 지시로 일본 각급 학교의 교과서에서 군국주의를 찬양하거나 전의를 고취시키는 내용이 먹칠된 사건). 어머니는 아버지보다 열 살 아래로 전후 교육을 받고 자랐습니다. 밝고 화려한 성격의 어머니는 여러 남자친구 중에서 어른스럽고 믿음직스러워 보인다는 이유로 아버지를 선택한 모양입니다.

그런데 막상 결혼을 하고 보니 상황이 달랐다나요. 어린 아내를 애지중지해줄 줄 알았건만, 아버지는 "내가 검은색이라고 하면 흰색도 검은색인 거야." 하는 식의 쇼와 한 자릿수 시대의 성격을 유감없이 발휘한 것입니다. 못마땅한 일이 있으면 몇 주일이건 입을 열지 않는, 감정 상태가 확연히 드러나는 타입이었지요.

그나마 세대라도 같았다면 남편을 묵묵히 따랐겠지만, 어머니는 자유로운 가정에서 자유로운 교육을 받고 자란 자유분방한 분이었어요. 결국 두 분 사이는 점점 삐걱대기 시작했고 제가 중학교 이 학년이었던 어느 날 밤, 마침내 일이 터지고 말았습니다.

아마 토요일이었을 거예요. 저는 심야 라디오 방송을 몰래 듣고 있었습니다. 들켜서 야단맞을까봐 볼륨도 최소로 해놓고 이불을 뒤집어쓴 채 귀를 기울이고 있었어요. 이어폰을 쓰면 되지 않냐 하겠지만, 그 당시 저는 만사 한 템포 늦게 깨닫는 헛똑똑이 중학생이었지요.

이때 갑자기, 부모님이 저와 오빠의 방문을 쾅쾅 두드리더니 소리치셨습니다.

"너희들 좀 나와봐."

아, 라디오 듣던 게 들켰나 보다. 풀이 죽어 거실로 나가보니 부모님은 잔뜩 노여운 얼굴로 앉아 계셨습니다. 라디오 좀 들었다고 뭘 저렇게 화를 내실까 하고 시무룩하게 서 있는데 아버지가 이렇게 말씀하시는 게 아니겠어요.

"엄마한테 좋아하는 사람이 생겨서 이혼하게 됐다."

갑작스런 선언에 놀라기는 했지만 이때 제 머릿속에 든

생각은 '뭐, 그럴 수도 있겠지…….' 하는 것이었습니다. 지금도 또렷이 기억나요.

이혼은 안 된다며 울고불고하지도 않고 그저 '헐' 하는 느낌으로 듣고 있었습니다. '아, 그러고 보니 엄마가 친구들과 여행 다녀온다고 어제까지 집을 비우더니 거짓말이었나 보네.' 하면서요.

그럴 수도 있겠지 하는 저의 반응을 '자기 방어 차원에서 대수롭지 않은 일로 넘기려 한 것'으로 해석할 수도 있습니다. 하지만 이 일은 저에게 그렇게까지 청천벽력은 아니었을 거예요. 어머니는 원래 즐거운 일이라면 사족을 못 쓰는 분으로 학창 시절 남자친구들과도 연락이 끊이지 않았고, 그분들과의 데이트, 또는 밀회, 또는 그냥 밥 먹는 자리에 저를 데리고 가신 적도 몇 번인가 있었습니다. ○○씨가 나한테 이런 말을 하더라, ××아저씨가 이걸 사주지 뭐니, 하는 식으로 인기 자랑도 많이 하셨기 때문에 어머니가 외간 남자와 만나는 것은 어린 시절부터 자연스러운 일이었습니다. 그게 잘못된 일이라는 생각도 없었어요. 그러니 좋아하는 사람이 생겨서 이혼한다는 소리를 들었을 때도 그러려니 했던 것입니다.

하지만 어머니의 부정을 그런 식으로 받아들인 것은 저

뿐이었고, 다음 날부터 우리집은 말 그대로 '콩가루 집안'
이 되었습니다. 안 그래도 감정의 기복이 컸던 아버지의
기분이 좋을 리가 없었고, 머지않아 어머니는 친정집에 머
무는 신세가 되었습니다. 저도 어머니를 따라가서 한동안
그곳에 있는 학교를 다녔지요. 이른바 별거 상태였습니다.

그런데 얼마 지나자 어머니가 별안간 집에 가야겠다고
하시는 거예요. 부부지간에 어떤 타협을 했는지 모르겠지
만 어머니와 저는 집으로 돌아왔습니다.

그러나 목조 단층 주택은 방이 그렇게 많지 않습니다.
부부가 각방을 쓸 여유가 없다 보니, 분명 바로 얼마 전까
지 외간 남자를 만나고 다니던 어머니는 다시금 아버지와
한방을 쓰게 되었지요. 중학생이었던 제 눈에도 참 알다가
도 모를 노릇이었습니다. 심지어 이 상황에 태연하게 집안
일까지 하고 있는 어머니를 보고 있노라니 '알다가도 모를
노릇'은 점점 커져만 갔지요. 한참이 지난 어느 날 어머니
가 "내가 왜 집에 돌아왔냐면 말이지……." 하고 운을 떼
시기에, "왜 그랬는데?" 하고 묻자 어머니는 이렇게 대답
했습니다. "할머니가 딱하지 뭐니."

이미 아흔이 다 되신 아버지의 양어머니, 즉 시어머니
를 남겨두고 이 집을 떠날 수는 없다, 마지막까지 곁에 있

어드려야겠다는 게 이유였다는 거 아니겠어요?

저는 이 이야기를 듣고 '바람피우는 사람 치고 어른에 대한 배려가 있네.' 하며 의외다 싶으면서도, 한편으로는 '자식 때문은 아니구나' 싶어 조금 놀랍기도 했습니다. 흔히 부부 사이가 틀어져 갈라서네 마네 할 때에도 '애가 불쌍하다'는 이유로, 최소한 '이 아이가 대학에 들어갈 때까지' 하는 식으로 이혼을 미루는 이야기를 들을 수 있습니다. 부부의 연결고리라면 보통은 아이일 테니까요.

하지만 어머니는 자식보다는 '할머니가 안됐다'는 이유로 집으로 돌아왔습니다. 할머니께야 좋은 일이었겠지만 저는 오빠나 저 때문이 아니었다는 생각에 살짝 서글프기도 했어요. '애들 엄마일지언정 여자임을 포기하진 않겠다'는 새로운 사고방식과 '시어머니는 옆에서 돌봐드려야 한다'는 오래된 사고방식이 어머니 머릿속에서는 얼룩무늬처럼 공존하고 있었습니다.

이렇게 한번 원상 복귀하고 나자 어머니의 부정에 관한 이야기는 더 이상 나오지 않게 되었습니다. 상대가 누구인지, 그 사람과는 헤어졌는지 어쨌는지 하는 이야기를 자식들에게는 밝히지 않으셨어요.

그러나 저는 알고 있었습니다. 그 후로도 상대방으로

여겨지는 사람으로부터 가끔 전화가 걸려왔고, 아직 휴대 전화가 없던 시절이라 집 전화 수화기를 들면 다른 수화기로 통화중인 어머니와 그 사람과의 대화가 들려오기도 했거든요.

'아직 안 헤어졌구나.' 하면서도 저는 뭘 하시든 어머니의 자유라는 생각에 내버려두었습니다.

하지만 지금 돌이켜보면 아버지가 가엾다는 생각이 드네요. 감정 기복이 심하고 아이들이 다가가기 힘든 타입이기는 했지만, 쇼와 한 자릿수 시대에 태어난 남자에게 아내의 부정은 견디기 힘들었을 테니까요. 그런 어머니를 결국 용서하고 마지막까지 함께하신 거예요. 이제 저도 어른이라 이렇게 한마디 건네드리고 싶네요. "아버지, 힘드셨죠."

어머니의 불륜 소동으로 상처 입은 것은 주로 이 집안 남자들이었습니다. 어머니는 예순아홉의 연세로 어느 날 갑자기 세상을 뜨셨는데, 발인 전날 부모님 댁 거실에서 오빠와 차분히 이야기를 나눌 기회가 있었습니다. 성인이 되어 오빠와 단둘이 오랜 시간 이야기를 나눈 건 처음이었는데, 이때 화제에 오른 것이 어머니의 과거였어요.

어머니가 돌연 세상을 떴을 때, 아버지는 이미 작고하

신 상태였습니다. 자유로워진 어머니에게는 당연히 가까이 지내는 남자친구가 여럿 있었고, 그중 한 분인 A씨는 어머니가 돌아가시기 직전까지 스키장이며 바다에 함께 놀러 다닌 분입니다. 바로 며칠 전까지도 우리집 홈파티 때 음식을 만드셨고 어머니가 돌아가신 당일에도 집에 오셔서 누구보다 슬피 눈물을 흘리고 가셨습니다. 오빠는 말했습니다.

"그 이혼 소동 당시의 상대방도 A씨였을까?"

하지만 저는 어머니의 남자친구들을 잘 알았기 때문에 단언할 수 있었습니다.

"아니야, A씨는 엄마의 학창 시절 남자친구고, 요즘은 그냥 서로 같이 노는 사이셨어. 이혼 소동 때의 상대방은 전혀 다른 사람이라고."

저는 어머니의 남자친구들을 적잖이 만나봤지만 이혼 소동 당시의 상대방과는 분명 만난 적이 없었습니다. 그 난리가 있고 나서 어머니의 친구분들께 수소문하는 식으로 알아보기도 했지만 끝내 알 수 없었지요.

오빠는 소동의 당사자든 아니든 상관없이 A씨가 영 달갑지 않았던 모양입니다. 저는 A씨에 대해 '혼자되신 엄마의 상대도 되어주고 얼마나 고마워. 옛 남자친구라도 있고봐야 해.'라고 생각했지만 남자인 오빠는 어머니의 유흥 상대를 자연스럽게 받아들일 수 없었던 것 같아요.

오빠와 저의 입장 차이를 알 수 있는 부분이었습니다. 반대로 아버지가 여자들과 놀아나다가 그중 한 명이 어머니 사후 부모님 댁에 드나들기까지 했다면 저도 싫었을지 모르지요.

"어머니는 그때 우리를 버리려 했어." 하고 말하는 오빠의 시선은 먼 곳을 향하고 있었습니다. 이때껏 남매끼리 그 이혼 소동에 대해 이야기해본 적이 없었는데, 이날 저는 처음으로 오빠가 남자라서 어머니의 불륜에 더 상처받았다는 사실을 알게 되었지요.

어머니가 남자친구를 만나고 다니는 것에 대해 같은 여성인 저는 '아내가 남편한테 불만이 있으면 딴 남자 만나고 싶어질 수도 있겠지.' 하며 중학생 나이에도 동성으로서의 이해력을 발휘했지만 고등학생이었던 오빠는 버림받았다고 생각한 모양입니다. 아, 가여운 우리 오빠……. 저는 말했어요.

"아니야, 오빠! 버림받은 거. 그때 엄마가 엄마를 따라갈지, 집에 남을지 우리더러 결정하라고 했잖아. 엄마 혼자 집 나간 거 아니야."

이혼 소동 후 약 30년. 저의 이 말 한마디로 오빠가 30년 동안 끌어안고 산 상처가 치유되었을지는 모르겠지만, 좀 오버해서 말하자면 '지금 오빠를 구해야 한다'는 생각이 사십대가 된 제 뇌리를 스쳤습니다. 그리고 남자아이에게 어머니가 얼마나 중요한 존재인지 다시금 깨달았지요.

오빠는 말재주도 없고 부모님과 사이가 좋지도 않았기 때문에 마마보이와는 대척점에 있는 사람이라고 생각했습니다. 하지만 어쩌면 오빠는 어머니의 부정으로 입은 상처 때문에 어머니와 일정한 거리를 두고 살아온 것인지도 모르겠다는 생각이 들었습니다. 알고보면 더 마마보이 기질이 있었을지도 모르고요.

그래서인지 오빠는 어머니의 죽음이 저 이상으로 충격이었던 모양입니다. 가끔 "어머니가 만들어주던 우설 스튜가 먹고 싶네……." 하며 어린 시절 어머니가 만들어준 음식을 찾곤 하는 거였어요. 우리 오빠도 '어머니의 손맛' 같은 걸 그리워하는 사람이었구나 하며 속으로 놀랐지요.

하지만 올케는 제 어머니표 우설 스튜 맛을 모르니 지금 그 맛을 재현할 수 있는 사람은 저뿐입니다. 그래서 오빠가 우리집을 찾는 날이면 만들어주기도 했네요.

오빠에게 어머니는 애증의 대상이었겠지요. 올케는 어

머니와는 정반대로 수수하고 얌전한 타입입니다. 오빠는 어머니가 그 난리 법석을 피우는 걸 보고 자란 탓에 어머니 같은 타입에 진저리가 나 반대되는 성향의 여성을 배우자로 선택하게 된 것 같습니다.

그런데 사실 오빠가 어머니를 싫어했는가 하면 그렇지도 않았습니다. 오히려 어디인가 어머니를 원하는 구석이 있었던 것 같아요.

저에게 어머니는 '흥미로운 존재'였어요. 한번은 어머니의 지인 중 한 분이 "준코는 엄마하고 모녀 관계가 바뀐 것 같다."고 하신 적이 있습니다. 어머니는 연세가 드셔도 젊은 아가씨마냥 꺅꺅 소란스러운데 저는 오히려 그 모습을 차분히 바라보다가 간혹 한마디씩 하는 식이었으니까요.

분명 그런 면이 있었던 것은 맞아요. 하지만 어머니만으로도 소란스러운데 딸까지 정신없거나 한술 더 떴다가는 수습이 안 될 테니까 제가 차분해진 것이 아닐까 싶기도 해요. 어른이 되고나서는 '우리 엄마, 마음대로 살게 내버려두면 대체 어디까지 가시려나.' 하고 실험하는 마음으로 마음껏 사시게 내버려두었답니다.

그런 저도 마음 한구석에서는 평범한 가족을 꿈꿨습니다. 평범함의 정의를 따지자면 약간 복잡해지는데, 제가 어렸을 때 평범한 어머니라고 하면 곧 '여성성을 내려놓은 사람'을 뜻했습니다. 쇼와 시대 가족드라마 속의 교즈카 마사코(푸근하고 넉넉한 전통적 어머니 모습으로 60년대 많은 가족드라마에 출연한 일본 여배우)와 같은 이미지지요.

항상 집에서 식구들을 기다리는 어머니. 자신이 한때 '여자'였음을 털끝만큼도 내비치지 않으며 날 때부터 아줌마였을 것만 같은 존재, 이것이 제가 그리는 '어머니'의 모습입니다.

반면 제 어머니는 돌아가시는 그 순간까지 '여자'였습니다. 이혼 소동 당시 했던 말대로 시어머니를 끝까지 모셨고, 한때 배신했던 남편의 마지막을 지켰으며 집안일에도 소홀함이 없었지만, 그 외에는 자유롭게 살았지요. 인기인으로 산다는 것, 즉 많은 이성으로부터 여성으로 인정받는 것이 엄마의 정체성이었나 보다 하고 지금은 생각하지만, 그렇게 '어머니와 여성의 양립'을 실천하는 사람을 어머니로 두면 자식들은 여러 가지로 생각이 많아집니다.

그 결과 오빠는 일찌감치 조용한 여성과 결혼하는 식으로 자신을 방어했고, 저는 줄곧 가정을 불신하게 되었습니다. 결혼을 하든 아이를 갖든, 여자는 언제까지든 여자고 남자도 마찬가지로 계속해서 남자입니다. 한 지붕 밑에서 한솥밥 먹고 사는 가족일지라도 속마음은 제각각인 법. 그러니 어머니의 딸인 나 역시 어떻게 될지 모르는 일이라는 생각이 들었지요.

이후 저는 결혼하지 않은 채 삼십대 중반이 되었고, 『네, 아직 혼자입니다』라는 책을 냈습니다. 책 속에서 저는 제가 그때까지 결혼하지 않은 이유를 거듭 설명했는데, 당시만 해도 아직 부모님께서 살아 계셔서 이런 '콩가루 집안 사정'은 적지 못했습니다. 결혼과 부부에 대한 불신을 지닌 채, 무슨 환상의 나라에나 있을 법한 '금슬 좋은 부부'나 '여성이 아닌 어머니'를 강렬히 원하고 있는 저라는 사람. 그런 애매모호한 감정이 어디선가 끊임없이 스며나오다 보니 제가 결혼에서 멀어진 것은 아닐지. 이렇게 스스로가 결혼하지 못한 이유를 부모 탓으로 돌리는 것도 제대로 된 건 아니겠지만 그래도 이렇게 생각하는 게 편하니 그러고 산답니다.

가족이 없는 지금, 마음이 울적해지거나 갈피를 잡지 못할 때면 저는 예전 하나마루키(일본의 된장 생산 업체) 광고처럼 '엄마' 하고 속으로 불러보곤 합니다. 이때의 엄마가 진짜 내 어머니인지, 아니면 교즈카 마사코처럼 환상 속에만 존재하는 일본의 이상적인 어머니인지는 잘 모르겠지만

요. 어찌 됐든 그 외침은 그 어디에도 가닿지 못하겠지요.

3

'아내' 또는 '며느리'라는
이름의 트랜스포머

조만간 또래 친구들의 '며느리 내공'이 끓는점을 돌파할 모양입니다. 며느리 노릇깨나 하더니 이제 슬슬 그 껍데기를 깨고 나갈 것만 같은, 그런 태동이 느껴진다 할까요?

'며느리'라는 말, 어떻게 보시나요? 그렇게 불리기 싫다는 사람도 있다지만, 그 개념 자체는 지금도 건재합니다. 여자한테는 남의 집 며느리가 됐다는 생각이 없을지 모르지만, 남자 집안에서 보자면 '며느리가 들어온 것'이고 또 '우리 며느리'라 부르는 것도 그런 뜻에서이지요.

일본에서는 '며느리'를 '요메嫁'라고 하는데, 요즘은 이 말이 젊은이들 사이에서 유행하는 느낌마저 듭니다. 몇몇 개그맨들이 아내를 가리켜 '요메'라고 하기도 하지요(일본어

'요메嫁'는 '며느리'와 '아내'라는 두 가지 뜻이 있다. 후자의 경우 잘못된 용법이라고 지적받기도 하지만 관서 지방 중심으로 실제로 쓰인다). 그런가 하면 요메嫁라는 글자는 '계집 녀女'에 '집 가家'를 쓰는데, 즉 여자를 집에 묶어둔다는 뜻으로 페미니즘적 관점에서 해석하기도 합니다(嫁는 한국에서는 '시집갈 가'로 읽는다. 한국에서 며느리를 뜻하는 한자는 '며느리 부婦'이다).

예전에 비하면 요즘 일본의 며느리들이 지는 부담은 크게 줄었습니다. 한집에 삼대가 함께 사는 게 당연했던 시절, 며느리들은 하루 24시간 그 '집'의 며느리였습니다. '남편의 아내'로 있을 수 있는 시간이라고 해봐야 부부관계 할 때 정도 아니었을까요?

반면 제 세대의 기혼 여성은 며느리보다 아내로 존재하는 시간이 길어지면서 며느리가 되는 때는 고작해야 오봉(양력 8월 15일. 우리의 백중이나 추석 정도에 해당하는 명절로 고향의 부모님을 찾아뵙거나 성묘를 하는 풍습이 있다)이나 연말연시 정도입니다.

하지만 그렇기 때문에 더 힘든 부분도 있습니다. 가끔 가다 한번씩만 며느리가 되다 보니 그 상황에 잘 익숙해지지 않는 거지요. 친구들을 보면 친정 근처에 살거나 아예 친정에 집을 두 채 지어 그중 한 채에 사는 경우가 많으니까 가끔 시댁에서 시간을 보낼 때면 짧은 시간임에도 농축된 괴로움을 맛보는 것 같습니다.

그러나 바야흐로 세월은 흐르는 법. 모두가 며느리로서 성장하고, 또 언제까지나 며느리 자리에 머무르지만도 않습니다. 시부모님이 돌아가시면 며느리 노릇도 졸업하게 되고 아들이 있는 사람은 아들이 결혼하는 순간 '시어머니'라는 또 다른 존재로 트랜스폼하게 됩니다. 며느리라는 이름을 벗어던지면서 그때까지와는 다른 힘을 얻게 되는 것이죠.

제 친구들은 그 전 단계 연령대에 와 있습니다. 젊어서는 며느리로 살며 나름대로 고생도 했을 그녀들. 옛날처럼 대놓고 시집살이 시키는 집은 없었던 모양이지만 그래도 피 한 방울 안 섞이고 세대도 다른 시어머니와 며느리가 사이좋게 지내기는 쉽지 않은 일입니다. 누군가는 설날에 시댁 가는 일을 도 닦으러 간다고 했던가요.

명문가에 시집간 한 친구는 설날 음식을 전부 집에서 만들어야 한다며 연말이면 울상이 된 채 시댁으로 향했습니다. 젊어서 누구보다 화려한 싱글이었던 그녀가 "네, 어머님." 하며 야채를 모양내어 잘라야 했지요.

그러는 사이 세월은 흘러, 시부모님이 모두 연로해 돌

아가시게 되었습니다. 두 어른의 장례식까지 무탈하게 마치고 나자 친구는 이렇게 선언했습니다.

"이제 며느리 노릇도 졸업이야. 남편한테는 말 못 했지만 너무 좋다."

그녀들은 이렇게 며느리 내공을 차곡차곡 쌓아왔습니다. 며느리 노릇 열심히 했다는 자신감과 자부심이 넘치지요. 그렇게 며느리를 졸업하고 나자 이제 며느리 내공이라고는 제로인 제가 친구들 보기에 탐탁지 않은 듯합니다. 시댁 식구들과 이런저런 실랑이 한번 겪어본 적 없이 팔자 편하게 사는 제가 눈에 거슬리는 모양이에요. 사람은 일을 얻음으로써 사회에 진출하게 됩니다. 그러나 사회는 일터만을 의미하지는 않지요. 경제 활동을 하는 현장을 '공적 사회'라 한다면 가정의 구성원으로 사는 '사적 사회'도 있습니다.

사람은 태어나면서 자기 가족 및 친척과 같은 사적 사회에 속하게 되는데, 결혼을 통해 그 영역이 배우자의 가족 및 친척으로까지 넓어집니다. 기혼자들은 남의 집의 생소한 관습과 방식에 치여가며 사적 사회인으로서 경험을 쌓아가게 됩니다.

저는 공적 사회에는 발을 내디뎠지만 사적 사회에는 진

출해본 적이 없습니다. 어려서 남자친구 집에 놀러 가도 그쪽 부모님을 대하는 것이 영 서툴렀지요. 붙임성도 센스도 꽝이었고, 자유주의 부모님 밑에서 자라 예의범절도 몰랐습니다. 한여름에 남의 집을 맨발로 방문하곤 했으니 그쪽 식구들도 많이 황당했겠지요.

그래도 밥은 야무지게 얻어먹었고 다 먹고 나서 설거지 도와드리겠다고 말씀드리는 것도 잊지 않았습니다. "괜찮아. 앉아 있으렴." 하는 소리를 듣기가 무섭게 "아, 네." 하고 소파에 앉아 패미컴(게임용 컴퓨터)을 하고 놀기는 했지만요. 제가 돌아가고 나서 그쪽 가족분들이 "애가 아주 참하구나." 같은 말씀은 절대 안 하셨으리라 확신합니다.

친구들 중에는 고등학생 때 이미 며느리 내공이 상당한 아이가 있었습니다. 남자친구 어머니와도 금세 사이가 좋아지더니 앞치마까지 챙겨 가서 함께 음식을 만들곤 했지요. 남자친구와 헤어질 때 그쪽 어머니가 오히려 아쉬워하셨다나요.

남자 입장에서 봤을 때, 밥 먹고 소파에서 패미컴이나 갖고 노는 여자보다는 자기 엄마랑 같이 설거지하는 여자친구가 당연히 더 마음에 들겠지요. 며느리 내공이 높은 친구는 확실히 결혼도 빨랐습니다.

지금까지 결혼 안 하고 살고 있는 걸 보면 제가 며느리가 될 재목이 아님은 신께서도 잘 아셨던 모양입니다. 시어머니들도 저 같은 며느리를 두지 않아 정말 다행이고, 저도 설날에 남의 집에 안 가봐도 되니 해마다 어찌나 행복한지요.

설날에 남의 집에서 즐거운 척을 하거나 바지런 떠는 며느리들을 보면 저러면서 덕을 쌓는구나 싶습니다. 그렇게 인고의 세월을 보낸 끝에 안락한 노후생활이 찾아오는 것일 테니까요.

한편, 며느리가 되기는 했지만 그 사실을 견디기 힘들어하는 사람도 적지 않습니다. 특히 요즘은 며느리를 대하는 방식에 개인차나 지역차가 크다 보니 비극이 발생하는 거지요.

한 예로, 가고시마 출신 남성과 결혼한 어떤 도쿄 여성은 남자들이 부어라 마셔라 하는 사이에 여자들은 부엌에서 일만 해야 하는 설날을 참지 못해 이혼했습니다. 그리고 이렇게 말했지요. "난 우리 아들이 결혼하면 설날에 집에 안 와도 된다고 할 거야. 이제 남하고 명절 보내는 거 지긋지긋하다고." 또 시댁이 눈 많이 내리기로 유명한 동북지방인 한 지인은 해마다 설날이면 설국 여행을 다녀오곤 했는데요. "널따란 집에 난방이 되는 방이 하나밖에 없다보니 온 식구가 종일 그 방에서만 지내야 하는 거야. 참을 수가 있어야지." 하더니 역시 갈라섰습니다.

저라도 이런 일이 설령 일 년에 한 번밖에 없다 해도 정말 싫을 것 같지만, 어쩌다 '도쿄 며느리'를 맞이한 시부모님도 딱한 처지가 아닐 수 없습니다. 그 지역에서는 당연시되는 일이었으니까요. 다른 지역 사람이 보기에는 받아들이기 힘들다 하더라도요.

전반적으로 며느리의 위상은 높아지고 있습니다. 쇼와 시대 초기에 발행된 여성 잡지를 보면 어느 산간 마을에서는 '마존여비馬尊女卑'라는 표현이 있었다고 해요. 즉 여자들이 가축인 말보다도 지위가 낮고 혹사당했다는 뜻이지요. 농촌 지역의 며느리들도 상황은 매한가지였던 모양입니다. 그런 시절과 비교해보면 지금 며느리들은 대접받고 있는 편이지요. 기업에서는 젊은 직원들의 퇴사를 막기 위해, 그리고 블랙기업(자사 근로자, 특히 젊은 직원을 대량으로 뽑아 노동기준법을 무시한 채 강도 높은 노동을 강요하거나 쉽게 해고하는 악덕 기업, 노동 착취 기업을 일컫는 말)이란 소리를 듣지 않기 위해 직원을 고객처럼 대한다는데, 시댁들도 며느리들한테 미움받지 않기 위해 오가라 하지 않거나 일도 시키지 않는

추세입니다.

호칭도 변하고 있습니다. 옛날 시어머니들은 '우리 며느리' 같은 표현을 썼다면, 요즘 시어머니들은 '며늘아기'라고 부르곤 합니다. '며느리'라는 말은 당사자가 없는 자리에서만 씁니다. '며느리'라는 말 자체가 귀에 들어가지 않도록 하기 위해서지요. 시어머니들은 이제 '며느리한테 미움 받지 않는, 편하고 민주적이며 현대적인 시어머니'가 되기 위해 노력하고 있습니다. 제 어머니도 생전에 나름 애를 쓰셨어요. 실제로 효과가 있었는지는 모르겠지만요.

앞에도 적었다시피 제 어머니는 결혼과 동시에 남편, 시어머니와 함께 살기 시작했습니다. 시어머니, 즉 저희 할머니는 며느리 험담을 하지 않는 분이셨어요. 이웃에게도 "며느리 잘 얻었다."고 얘기하며 다니셨다고 해요. 저야 할머니가 정말 그렇게 생각하셨을지 무척 의심스럽지만 당시 어머니는 그 사실이 그렇게 기뻤다고 합니다.

그래서 당신 아들이 결혼해도 똑같이 해야겠다고 마음먹으신 모양이에요. 애석한 점이라면 그 얘기를 올케에게 해버린 것이었습니다. 이렇게요. "우리 어머님은 어디 가서 내 험담은 안 하셨단다. 그래서 나도 네 흉을 안 보는 거야."

이 얘기를 듣고 저는 이건 아니다 싶었어요. 이 말인 즉, 사실은 하고 싶은 말이 굴뚝같다는 거잖아요. 거기에다 '그런데 아무 말도 안 하니 내가 얼마나 멋진 시어머니냐' 하는 자랑까지 하는 거고요. 서글서글한 올케는 분명 "그럼요. 정말 감사하죠." 하고 대답했겠지만, 그건 민주적인 시어머니이고 싶어하는 어머니에 대한 배려의 표현이었을 것입니다.

이런 사례를 봐도 역시 '시집 안 가길 잘했다'는 생각이 드는데요, 그나저나 그 옛날부터 고부지간이 이토록 불편한 이유는 도대체 무엇일까요? '며느리'라는 직업에 승진 기회는 단 한 번, 자신의 아들이 장가갔을 때뿐입니다. 며느리를 새로 들이면서 시어머니라는 관리직으로 승진하는 거지요. 베테랑 며느리이기도 한 시어머니가 자신의 며느리를 자꾸 부하처럼 대하다 보면 탐탁지 않은 구석이 눈에 띕니다. 그리고 며느리도 시어머니를 '불편한 상사'로 보게 되지요.

더욱 근본적인 문제는 며느리와 시어머니가 '한 남자를 사랑한 두 여인'이라는 점에 있습니다. 무척 품위 없는 표현이라 죄송하지만, 시어머니에게는 '내가 이 남자를 허벅지 사이에서 낳았다'는 자부심이 있습니다. 한편 며느리는

'내가 이 남자를 허벅지 사이로 맞아들였다'는 자신감이 있지요. 허벅지 사이로 낳은 쪽과 맞아들인 쪽 사이에서 남자는 몸이 둘로 찢어질 지경입니다.

아이를 키우는 친구나 지인들을 봐도 아들에 대한 엄마의 사랑은 언제나 각별하다는 생각이 듭니다. 남편에게 불만이 많은 사람은 "아들이 내 애인이야." 같은 말을 거리낌 없이 하기도 하고, "무조건 마마보이로 키워야지." 하는 엄마도 있습니다.

그런데 아들이 나이를 먹더니 어디서 잘 알지도 못하는 여자가 불쑥 나타나 아들과 마구 섹스도 하고 그러는 겁니다. '아들이 애인'이었던 엄마는 유쾌할 리가 없지요.

그런데 그런 불쾌함을 대놓고 표현할 수도 없다는 것이 아들 가진 엄마들의 괴로움입니다. 아버지는 딸이 결혼할 때 불편한 심기를 내비쳐도 주변에서 "질투하시네요." 하며 흐뭇하게 웃고 넘어가줍니다. 그러나 만에 하나 어머니가 아들 결혼식에서 심술궂은 표정으로 있었다가는 흐뭇한 미소는커녕 무섭다는 소리나 듣기 딱입니다.

왜 아버지의 퉁명스러움은 귀여운 느낌이 드는데 어머니의 뚱한 얼굴은 무서운 걸까요? 역시 허벅지랑 상관이 있지 않을까요? 아버지도 딸을 애인처럼 아끼기야 하겠지만, 자기 허벅지 사이로 낳지는 않았으니까요. 기껏해야 씨를 제공한 게 전부니 '내 것'이라는 느낌이 훨씬 덜합니다.

반면 어머니는 자신의 허벅지를 경유해서 아이를 차지하고 있기 때문에 소유 의식이 강합니다. '내 것'이라는 끈끈한 감정을 노골적으로 드러내다 보니 표정도 더 리얼해지는 거겠지요.

숙명의 라이벌로서 양쪽이 모종의 불편함을 간직한 채 시작되는 고부 간의 인연. 그러나 시간이 흐르면서 며느리는 변해갑니다. 시부모님이 나이 들어감에 따라 점차 집안에서 발언권이 커져, 결국 가장 강한 존재가 되는 경우도 더러 있습니다.

가부키의 오야마(일본의 전통 연극 가부키. 배우는 전원 남성이다. 여성 역할은 오야마, 또는 온나가타로 불리는 남자 배우들이 맡는다)는 사실 여성이 아니라서 진짜 여성보다 더 여성스러운 연기를 한다고도 할 수 있는데요, 며느리도 이와 비슷합니다. 본디 시집의 일원이 아니었기에 그 집안의 가풍을 익히고자 더 노력하고, 그렇게 해서 결국은 누구보다 그 집안사람 같은 존재가 되어 일가를 좌지우지하게 되는 것입니다.

물론 그 배경에는 여자가 남자보다 오래 산다는 현실

도 있을 것입니다. 남편이 아내보다 먼저 세상을 뜰 확률이 높기 때문에 한때 며느리였던 사람이 나이 들어 대모 godmother와도 같은 권력을 쥐게 되는 것이 아닐까요?

그러고보니 민주적인 시어머니가 되고자 노력했던 제 어머니는 아버지가 돌아가신 후 노후생활에 대해 저와 이야기하다가 명랑한 얼굴로 이런 말씀을 하신 적이 있습니다. "뭐, 나야 여차하면 이 집 팔고 시설에 들어가면 되지 않겠니?" 어머니에게는 시집, 저에게는 고향집이었던 곳을 팔겠다는 거였죠. 시어머니도 남편도 없는 마당이니 아주 며느리 천하구나, 그래도 하다못해 자식들을 위해 집을 물려줘야겠다던가 뭐 그런 생각은 없으신 건가? '며느리 내공'의 최종 형태를 보고 내심 놀랐던 기억이 납니다.

제 친구들은 아들들도 아직 미혼이고 시어머니들도 건강하신 편이지만 그 잠재력은 이미 충분해 보입니다. 아들의 여자친구에 대해 이러쿵저러쿵하는 모습에서 이미 시어머니 포스가 풍긴다고나 할까요? 그런 이야기를 듣고 있다보면 저까지도 마음만큼은 시어머니가 된 듯한 느낌입니다. 아들도 며느리도 없는데 시어머니같이 굴지 말아야지 하고 스스로 경계하기도 하지만, 아마 친구의 아들들이 결혼이라도 하면 '며느리 험담'에 분명 한자리 차지하고 있을 것만 같은 생각이 드네요.

4

내 안에
할머니 있다!

저는 종이를 유난히 아끼는 버릇이 있습니다. 이면지 재활
용은 당연한 일이고 한 번 코를 푼 휴지도 바로 버리지 않
고 몇 번 더 풀었다가 버리곤 하지요. 딱히 환경을 생각해
서라기보다는 그냥 어려서부터 몸에 익은 습관입니다.

메이지 시대에 태어나신 할머니는 제가 어렸을 때 곧잘
함께 놀아주셨는데, 할머니와 종이접기 같은 걸 할 때면
광고 전단지를 정사각형으로 잘라서 몇 번이고 접었다 폈
다 해야 했습니다. 낙서도 당연히 전단지 뒷면에 했지요.
그냥 집에서 노는 건데 아깝게 새 색종이나 도화지를 쓸
수는 없으니까요.

그래서 저는 휴지를 물처럼 써대는 사람을 보면(사실 제

가 물도 좀 아껴 씁니다만) 아까워서 견딜 수가 없답니다. 남이 보면 휴지 한 장으로 코를 풀고 또 푸는 저 같은 사람을 보면 '윽, 더러워.' 하는 생각이 들겠지만요.

저보다 일흔일곱 살이나 더 드신 할머니와 함께 살다보니 이런 습성이 몸에 밴 거지요. 앞서 말했다시피 할머니와 저는 한 핏줄이 아닙니다. 하지만 함께 살면서 할머니를 이루고 있던 성분은 제 안에 확실히 자리 잡게 되었고 그렇게 할머니는 제 안에서 아직 살아 계신 느낌이 듭니다.

삼대가 같이 사는 집은 도쿄에서는 이제 찾아보기 힘들어졌습니다. 그런 경험을 할 수 있었던 것을 감사하게 생각해요. 제가 태어나면서 우리집은 다섯 식구가 되었는데, 이후 할머니가 돌아가실 때까지가 제 인생에서 가장 많은 식구들과 함께한 시기였습니다.

지금 생각해보면 화장실이랑 욕실이 하나밖에 없는 단층집에서 용케 다섯이나 같이 살았다 싶어요. 이렇게 적으면 마치 우리집이 「사자에상」일가처럼 오손도손 화목한 가족이었던 것 같지만 딱히 사이가 좋지도 않았던 점이 감회가 새롭다고 할까요?

그 안에서 할머니는 완충지대와 같은 역할을 하셨습니다. 아버지 어머니가 집안을 그야말로 난장판으로 만들어

놓아도, 또 저희 남매가 삐뚤어져 갖은 난리를 피워도, 그저 조용히 고타쓰(일본의 전통 난방 기구. 숯불이나 전기 등 열원 위에 틀을 씌워 탁자 형태로 만들고 이불 등을 덮게 되어 있다) 앞에 앉아 개, 고양이를 쓰다듬어주시던 할머니. 그런 할머니는 인간의 영역에서 점차 멀어져가는 신 같은 존재이기도 했습니다.

언제나 기모노에 쪽진 머리였던 할머니는 하세가와 마치코 작가의 만화 「심술쟁이 할머니(텔레비전 드라마, 애니메이션)」 속 주인공의 모습과 거의 같은 스타일로, 딱 그림으로 그린 것 같은 '할머니' 모습이었습니다. 지금 그런 할머니는 전설 속, 또는 일본 역사 속에나 있었던 존재가 되어가고 있습니다. 요즘 할머니들은 '오바아상(할머니)' 소리가 너무 나이 들게 들린다면서 손주들에게 '바아바(어린아이들이 할머니를 친근하게 부를 때 쓰는 말. '할무이', '할무니' 정도의 뉘앙스)'로 부르라고 한다네요. 제 어머니는 그조차 거부하고 손주에게 자신의 이름을 부르게 했지요.

그러나 저희 할머니는 '할머니' 이외의 그 어떤 존재도 아니었습니다. 제가 어느 정도 나이가 들었을 때 저희 할머니는 이미 '할머니'였기 때문에 저는 과거에 '할머니'가 아닌 시절이 있었다는 사실 따위 생각할 수도 없었어요.

사람이 점점 늙어간다는 사실을 이해하지 못했던 거지요.

그런 할머니 주변에는 항상 평온한 기운이 감돌았습니다. 지금 생각하면 할머니도 속에서야 온갖 폭풍우가 몰아쳤겠지만, 그 시절 제가 그런 생각을 했을 리가 없지요.

그것은 '체념'이 빚어낸 고요함이었을 것입니다. 양자다 보니 아무래도 조심스럽게 대해야 했을 자신의 아들(제 아버지), 그 아들이 데려온, 당시 '요즘 젊은이' 그 자체였을 날라리 같은 며느리(제 어머니), 이들 젊은 부부와 함께 살게 된 바로 그 시점부터 할머니는 일절 간섭하지 말자고 체념하신 게 아닐까요?

제 어머니를 생각하면 신혼 때부터 시어머니와 용케 한 집에 살았다 싶은데요, 나이 차이가 많이 나서 그런지, 가치관이 서로 너무 달라 그런지 할머니는 며느리인 어머니에게 그 어떤 참견도 하지 않았던 모양입니다. 집안일에 관한 권한은 대부분 며느리에게 넘겨주고 완전히 일선에서 물러난 할머니의 관할 구역은 불단(부처를 모셔놓은 단)과 정원뿐이었습니다.

어머니도 생전에 할머니는 심술궂은 구석이 하나도 없으셨다고 말하곤 했습니다. 어머니가 시어머니와 함께 살면서 집 밖에서 그토록 자유분방하게 놀러 다니는 만행을 저지를 수 있었던 것도 그 덕이었겠지요.

어쩌면 할머니는 전후 교육을 받고 자란 외계인 같은 며느리를 맞이하면서 무슨 소리를 해도 안 통한다는 사실을 깨달으신 게 아닌가 싶습니다. 거기에 귀도 점점 안 들리니 돋보기안경 너머 신문을 읽으며 자신만의 세계에 사시게 된 것이겠지요.

전운이 감도는 부모님 밑에서 자란 저는 그런 할머니의 정적이 좋았습니다. 잘 안 들리는 할머니가 알아들으실 수 있게 말하는 것도 식구들 중 제가 제일 잘했고요. 초등학생 때는 학교에서 돌아오면 할머니와 함께 마당의 낙엽을 쓸며 잇큐 선사(1394~1481년. 일본 중세 무로마치 시대의 선승이자 시인. 왕족으로 태어났으나 일찍이 출가해 평생 방랑하며 살았다. 어려운 법문이 아닌 쉽고 재치 있는 일상어로 많은 일화를 남겨 지금도 일본인들의 존경과 사랑을 받고 있다)가 보내는 것 같은 나날을 보냈지요. 할머니는 제가 대학생 때 아흔아홉의 연세로 돌아가셨습니다. 그 후 가끔 이런 생각을 해요. '할머니한테 좀 더 잘해드릴걸.', '할머니 이야기를 좀 많이 들어드릴걸.'

메이지 22년(1889년)생인 할머니는 관동대지진과 2·26 사건(1936년 2월 26일, 군국주의 성향의 청년 장교들이 기관총 등으로 무장하고 텐노의 직접 통치를 요구하며 정부 요인을 습격, 살해한 군사

내란 사건), 제2차세계대전 등 저는 역사책에서나 보던 사건들을 몸소 겪으며 사셨습니다. 할머니 사시던 곳 바로 근처까지 2·26사건 반란군이 들이닥쳤다고 하던데, 그런 이야기도 좀 더 들어둘 걸 그랬어요. 또 할머니가 어떤 아이였고 어떤 청춘을 보냈는지, 할아버지와 어떻게 결혼해 어떻게 아버지를 양자로 들이게 되었는지, 그런 이야기도 듣고 싶었는데 말이지요.

메이지 22년생인 할머니와 쇼와 41년(1966년)생인 제가 함께 보낸 나날들은 그 자체로 서로 다른 문화 교류의 시간이었습니다. 할머니가 태어나셨을 때는 아직 19세기. 대일본제국 헌법이 공포되고 파리 만국 박람회가 열린 해입니다. 한편 저는 쇼와 고도성장기 태생. 1966년은 비틀스가 일본을 방문한 해이자 「쇼텐(니혼TV에서 1966년 5월 15일부터 매주 일요일 저녁 시간대에 방송되고 있는 최장수 만담 프로그램)」 방송 원년이기도 합니다. 77년의 간극을 두고 태어난 할머니와 저는 운명의 장난으로 한 핏줄도 아니면서 한 지붕아래 살게 되었지요. 그런 할머니는 저로서는 타임머신을 타지 않는 이상 볼 수 없는 시대를 겪었던 것입니다.

안타까움 속에 지내던 저는 시간이 한참 흐른 어느 날, 퍼뜩 이러고 있을 때가 아니라는 생각이 들었습니다. 양가 조부모님 가운데 딱 한 분, 외할머니가 아직 살아 계셨거든요. 이때 외할머니 연세가 아흔아홉. 아직 한참 더 사실 것 같기는 했지만 그래도 사람이 백 살 가까이 살다보면 언제 무슨 일이 생길지 모르는 법이잖아요. 하루라도 빨리 이야기를 들어두어야겠다는 생각이 들었습니다.

마침 그 무렵 저는 할머니라는 주제로 책을 쓰고 있었습니다. 많은 할머니들에 대해 알아보던 중, '등잔 밑이 어두웠어. 우리 외할머니가 계신데.' 하는 생각에 찾아뵙게 되었습니다.

외할머니는 메이지 43년(1910년) 가고시마 출생입니다. 여대에 진학하기 위해 도쿄로 상경했다가 외할아버지와 만났고 이후 계속 도쿄에 사셨습니다.

가고시마 시절부터 시작되는 외할머니의 이야기를 듣는 것은 퍽 재미있는 경험이었어요. 외할머니 역시 친할머니와 마찬가지로 제가 어느 정도 자랐을 무렵부터 이미 '할머니'였던 분입니다. 그런 할머니와 인터뷰를 해보니 도쿄로 상경할 때의 긴장감, 부모님께서 결혼에 반대하셨던 일, 그리고 결혼 후 외할아버지가 바람피운 것을 알고 마시지도 못하는 술을 억지로 마셨다가 급성알코올의존증에 빠진 일 등, 처음 듣는 이야기가 줄줄 이어졌어요. 할머니도 한 사람의 인간이자 여자라는 지극히 당연한 사실을 이때 처음 이해하게 된 것입니다.

사람은 자신의 삶에 대해 의외로 가족에게는 잘 말하지 않는다는 사실도 이때 깨달았습니다. 부모도 자기가 어떻게 나고 자랐는지 아이들에게 자세히 이야기하지 않는데 하물며 조부모는 말할 것도 없지요. 이날 이후 저는 조부모님이 살아 계시다는 사람들을 보면 "재미있으니까 더 늦기 전에 꼭 할머니 할아버지 말씀을 들어둬." 하며 권하고 있습니다.

외할머니는 인터뷰를 한 지 이 년 후에 백한 살의 연세로 돌아가셨습니다. 양가 조부모님 가운데 가장 오래 사셨지요. 외할아버지가 그보다 이십 년 쯤 전에 작고하셨으니까 이후 가계도에서 중심적인 존재는 외할머니였습니다. 저도 사십대가 되어서도 할머니라고 부를 수 있는 존재가 있다는 사실을 복으로 여기며 이따금씩 놀러 가고는 했지요.

"아이고 우리 준코, 많이 컸구나?", "곧 어두워질 텐데 어여 집에 가야지?" 하며 손주 대접을 받을 때는 은근 기뻤지요. 그런 외할머니마저 돌아가시고, 생전에 외할머니를 돌봐주시던 분과 이런저런 이야기를 나눌 때의 일입니다. 그분이 이런 말씀을 하셨어요.

"준코 씨 외할머니 말이야, 은근히 사람한테 호불호가 있으셨지. 대충 보니까 남자들을 좋아하셨던 것 같아. ○○씨(제 사촌)가 오면 엄청 좋아하는데 별로 안 좋아하는 사람이 오면 '위험하니까 얼른 집에 가라.'고 하셨으니까."

또 하나의 새로운 발견이었네요. 어두워지기 전에 빨리 집에 가라고 하시더니, 손녀 걱정해서가 아니라 정말 얼른 돌려보내고 싶어서 그러신 거였다니, 하고 말이지요.

어머니가 외할머니보다 먼저 돌아가셨기 때문에 저는 사실 엄마 대신 외할머니를 찾아뵌 것도 있었습니다. 백 살이 되신 할머니께 딸이 먼저 세상을 떠났다는 사실을 알리기가 차마 마음에 걸려, 할머니가 "요즘 요코(제 어머니) 얼굴이 안 보이는구나." 하고 말씀하실 때면, "영국에 놀러 갔는데 현지 남자친구가 생겨서 한동안 거기 머무를 거래요." 하고 둘러대곤 했습니다.

친딸이 통 얼굴을 비치지 않으니 외로우실 거야. 그러니까 대신 나라도 찾아뵙자 하며 좋아하는 음식을 사들고 가면서 착한 손녀딸이 된 것 같은 생각에 살짝 들뜨기까지 했건만, 돌아가시고 난 뒤에야 '사실 나를 별로 안 좋아하신 것은 아닌가' 하는 의혹이 불거지다니. 그래, 할머니는 남자가 좋으셨던 거야. 그건 그렇겠지. 할머니도 여자였으니까…… 하며 저는 할머니를 할머니로만 보아온 걸 다시 한번 반성했답니다. '좋아하는 음식만 들고 가면 무조건 반겨주실 것'이라는 생각이 제 오만이었음을 절감한 거지요.

생각해보면 여대 졸업 직후 결혼한 외할머니는 남자라고는 외할아버지밖에 모르셨을 겁니다. 메이지 태생인 외할아버지는 독단적인 성격이셨어요. 인터뷰를 하다보니 외할머니가 그런 남편 때문에 고생이 많았겠다는 생각이 들었습니다. 그런데 어려서 제가 어머니한테 외할머니가 어떤 분이셨는지 여쭤보았을 때, 어머니는 이렇게 답했습니다. "자식보다 남편을 더 끔찍이 위하는 분이셨어."

사실 외할아버지는 어딘가 일본인 같지 않은 훈남이셨어요. 외할아버지가 바람을 피워도 외할머니가 남편만 바라보셨던 것이 이해도 갑니다. 아이나 손주만 위하며 산다고 해서 채워지는 타입이 아니라, 남자를 사랑하고 남자에게 사랑받고 싶었던 분이었는지도 모르겠어요. 과연 남쪽 지방 여자라는 생각이 들었습니다.

저도 장차 할머니가 되겠지요. 아이가 없으니 손주가 생길 리는 없지만, 순조롭게 나이를 먹다보면 일반적인 의미의 할머니는 될 것입니다. 그때 주위에서 저를 '할머니'

로만 본다면 속상할 것 같아요. 사람들이 "할머니, 건강하세요.", "할머니, 짐 들어드릴까요?" 하며 저를 할머니로 대하면 어쨌든 그 기대에 부응해서 인심 좋은 할머니 흉내라도 내보기야 하겠지만, 속으로는 잘생긴 요양사를 보며 설레기도 하고 음흉한 생각을 하면서 히죽히죽 웃기도 할 것 같네요.

그때 비로소 저는 친할머니와 외할머니가 느꼈을 고독을 이해하게 될지도 모르겠습니다. 할머니라고 낙인찍지 마. 손주들한테야 일단 웃는 얼굴로 대하지만 손주라고 해서 다 똑같이 예쁜 건 아니란다, 하고 할머니들도 말하고 싶지 않으셨을지.

우리집에는 두 할머니의 사진이 있습니다. 물론 두 분이 '할머니'가 되고 나서의 사진이죠. 그 사진을 보며 저는 "할머니!" 하고 불러보기도 하고 보고 싶다며 속으로 되뇌어보기도 합니다.

제 마음속 할머니들은 저세상에서도 이 사진 속의 모습으로 계시는데요, 하지만 그것은 제가 멋대로 만들어낸 상상일 뿐입니다. 저승에서 할머니들은 인생 말년에 어쩔 수 없이 하고 있던 할머니 코스프레를 벗어던지고, 분명 가장 반짝반짝 빛나던 시절의 모습으로 살고 계실 테니까요.

1988년에 롯폰기의 디스코텍 '투리아'의 조명이 떨어져 많은 사상자를 낸 사고가 있었습니다. 그런데 사고 다음 날, 친할머니가 고타쓰 앞에 앉아 신문을 보며 이런 말씀을 하셨어요. "나도 나이만 젊으면 이런 데 가보고 싶구나."

당시 대학생이었던 저는 그 말씀이 아직도 귀에 생생합니다. 제가 여쭈었지요. "할머니, 디스코텍 같은 데 가고 싶어?" 그런데 지금은 그 마음을 알 것 같아요. 지금쯤 제 친할머니는 저승의 댄스홀에서 화려한 무대에 올라 흥겹게 춤을 추고 계실지도 모르겠습니다.

그리고 외할머니는 젊은 시절의 멋쟁이 외할아버지와 다시 만나, 이미 같은 저승에 와 있는 아들딸은 아랑곳하지도 않고 남편에게만 정신이 팔려 있을 것 같네요. 아니 어쩌면 다른 훈남에게 한눈을 팔고 계시려나요?

그리고 저는 그런 할머니들과 이야기를 해보고 싶어요. 할머니와 손녀라는 입장을 떠나 여자 대 여자로, 가족에 대한 푸념이나 사랑 이야기를 나눠보고 싶어요. 그게 가능해지려면 제가 저승에 가야 될 텐데 말이지요. 저세상에서 젊은 시절 모습으로 돌아가 계실 할머니들을 행여 못 알아볼까봐 불안하기도 하지만, 그래도 할머니들과 다시

만날 그날을 손꼽아 기다려봅니다.

5

/

가사 능력은
생존 필살기

/

주변 남자들이 자꾸만 집에 들어가기 싫다며 아우성입니다. 그중 한 명, 올해 나이 서른에 아직 어린 자녀가 있는 한 회사원은 이렇게 얘기하더군요.

"그냥 왠지 집에 들어가는 게 싫어서 피시방에서 멍때리거나 쪽잠 자다가 들어갈 때가 있어요."

또 다른 한 명은 자녀가 꽤 장성한 오십 살 남성입니다.

"집사람하고는 한집에서 별거하듯 지낸 지 꽤 됐어요. 가급적 마주치고 싶지 않아서 회사에서 죽치고 있거나 바에 들렀다가 집에 가곤 합니다."

이들의 이야기를 듣고 후라리맨(퇴근 후 혼자 밤문화를 즐기는 사람)이 바로 이런 사람들을 가리키는 말이구나 했습니다. 요즘 일이 끝나도 바로 집에 들어가지 않고 여기저기 기웃거리다가 겨우 귀가하는 '후라리맨'이 늘고 있다고 하던데, 진짜였나 봅니다. 후라리맨들은 집안일이나 육아가 부담스러워 귀가를 꺼리는 경우가 많은 모양이에요. 위의 서른 살 남성은 이렇게 말합니다. "아이는 사랑스럽지만 일에 찌들어 집에 갔는데 바로 애를 봐야 하는 게 힘들어요. 그래서 애가 잠들면 들어가야지 하는 거죠."

오십 살 남성도 말합니다. "한집에서 따로 살아도 집안일은 하래요. 안 하면 막 뭐라고 하니까 아내가 무섭다니까요."

집에 들어가기 싫어하는 회사원이 딱히 새로운 존재는 아닙니다. 쇼와 시대 말기부터 이미 '귀가거부증帰宅拒否症'이라는 말이 있었으니까요. 그러나 그 시절의 귀가 거부와 지금의 귀가 거부는 원인이 다른 것 같습니다. 예전에는 일하느라 집안을 돌보지 않는 아버지가 많았고, 회사원 가정에서는 아버지의 부재로 인해 결과적으로 엄마와 아이 사이가 유독 가까워지는 경우가 많았습니다. 전업주부가 지금보다 많았던 그 시절, 주부들은 '남편은 건강하되 집에 없는 게 낫다'고 생각했습니다(살충제 업체 긴초에서 판매한 방충제 '단스니곤'의 텔레비전 광고에 등장해 크게 히트 친 세기의 명

카피. 1986년 일본 신조어·유행어대상에서 유행어부문 동상).

쇼와 시대의 아버지들은 회사야말로 자신이 가장 빛날 수 있는 장소라고 여겼습니다. '남자는 일이지' 하며 열심히 일만 하다보니 어느샌가 집에는 자기 자리가 없어져 귀가하고 싶지 않았던 것입니다. 그러던 아버지들이 정년퇴직을 하더니 아내에게 딱 붙어 떨어지지 않는 젖은 낙엽 신세가 되었지요. 집안일도 할 줄 모르다 보니 자꾸 구박덩이가 되고, 아내는 아내대로 화병이 날 지경이었습니다.

생각해보니 우리집에서도 아버지가 약간 그런 존재였어요. 그렇게까지 일벌레는 아니었지만 권위적인 데다가 다소 고약한 성격 때문에 어머니나 오빠, 저와의 사이에 거리가 생긴 거지요. 드르륵 하고 현관문 열리는 소리가 나면(옛날 집이라 여닫이문이었어요) 그때까지 거실에서 텔레비전을 보고 있던 오빠와 저는 "어, 왔다." 하며 각자 방으로 쪼르르 들어가 나오지 않았습니다. 그러면 어머니는, "너희는 좋겠다. 틀어박혀 있을 방도 있고……." 하며 우울한 얼굴로 저녁 준비를 하는 식이었지요.

이처럼 쇼와 시대에는 집집마다 정도의 차이는 있을지언정 대개 식구들이 아버지를 피하고, 남편이 처자식에게 환영받지 못하는 분위기가 깔려 있었습니다. 내가 만약 아버지였다면 이 불청객 대하는 듯한 분위기를 눈치 채고 바깥에서 연애라도 했겠다고 생각했습니다. 하지만 무슨 연유인지 저희 아버지는 오히려 다른 집 아버지들보다 일찍 귀가하셨어요. 심술인지 오기인지, 아니면 그냥 인기가 없으셨던 건지는 모르겠네요.

제2차세계대전 전이었다면 철저한 가부장제 아래에서 그저 '아버지 최고' 하며 떠받들기만 하면 집안은 평화롭게 굴러갔겠지요. 하지만 전후 민주주의가 도입되면서 아버지의 위상은 추락했고 어머니의 위상은 상승했습니다. 아이들에게도 반항할 자유가 주어졌고요.

하지만 '아버지=신'이라는 전쟁 전의 사고방식은 전쟁이 끝난 후에도 환지통幻肢痛(절단되어 없는 팔다리가 여전히 아프다고 느끼는 증상)처럼 남아 있었습니다. 1960년대에는 '마이 홈주의'라 해서 당시에는 야유의 대상이 된, 가정을 중시하는 아버지가 주목받았습니다. 그러나 아버지들은 속으로는 여전히 '윗사람'으로서의 자의식에서 벗어나지 못했기 때문에 어중간하게 집안일에 간섭하려다가 기피 대상이 되기도 했습니다. 우리의 상처받기 쉬운 아버지들은 이렇게 해서 귀가거부증을 앓게 된 것이지요.

집에서 자기 자리를 찾지 못해 선술집 여주인에게나 의

지해야 했던 쇼와 시대의 아버지들. 한편, 요즘 아버지들의 귀가거부증은 그 시절과는 원인이 다릅니다. 요즘 아버지들은 '떡하니 버티고 있을 아내가 무서워서' 집에 들어가기가 괴로운 모양이에요.

쇼와 시대에 비해 밖에서 일하는 여성의 비율이 높아지고 남녀평등 의식도 뿌리내린 요즘, 아내들은 남편이 집에 오면 이것저것 시키려 벼르고 있는 경우가 많습니다. 바깥일에 집안일, 육아까지, 몸이 열 개라도 모자란 아내들은 남편을 집안의 귀중한 노동력으로 인식하는 거지요. 하지만 남편들은 그런 아내가 부담스러워 집에 갈 엄두가 안 납니다.

남성이 집안일을 담당하는 비율이 요즘 들어 상당히 커진 것은 분명합니다. 아내가 밖에서 일하는 경우는 물론이거니와 전업주부인 경우에도, 남편들이 어느 정도 집안일을 하는 것이 당연한 시대가 되었습니다.

우리집 앞에는 어린이집이 있는데 아이들 등하원할 때 아버지가 오는 경우가 적지 않습니다. 또 제가 나온 초등학교에서는 '아버지의 날'이라 해서 아버지들만 불러 아이들을 위한 이벤트를 열기도 하는데, 이 모임의 모토는 '모든 것은 아이의 웃는 얼굴을 위해서'라고 하네요.

제가 어렸을 적만 해도 학교 행사에 오거나 학부모 모임에 참가하는 것은 언제나 어머니였습니다. 그 시절, 아이에 관한 온갖 잡다한 일들은 온전히 어머니 몫이었어요. 그때를 생각하면 요즘 아버지들이 아이의 웃는 얼굴을 위해 노력하고 다른 아빠들과 교류하는 모습은 격세지감을 느끼게 합니다. 그런데 이 초등학교에 다니는 아이의 아버지가 이런 말을 합니다.

"아빠들 모임이란 게 상당히 부담되네요⋯⋯."

이벤트를 통해 아이의 웃는 모습을 보는 건 뿌듯한 일이지만 그 준비가 아주 만만치 않은 모양입니다. 그렇다고 해서 요즘 같은 시대에 아빠가 육아에 동참하지 않았다가는 전근대적이라 치부되니 참여를 안 할 수도 없는 노릇이고요.

이와 같이 요즘 일본 아버지들은 이 나라 역사상 처음으로 집안일과 육아에 본격적으로 참여하게 되었습니다. 그리고 바깥일과 집안일, 육아를 양립하기가 얼마나 힘든지 비로소 깨닫고 있는 중이지요. 후라리맨이라는 도망자가 대량으로 발생하게 된 것은 그 때문입니다. 말할 것도 없이 아내들은 이런 남편들이 불만입니다. "지금까지 내가 얼마나 힘들었는지 알아? 당신이 집에 안 오고 밖에서 어슬렁거리기나 하면 나는 그만큼 더 힘들어진다고!" 하면서요.

집안일에 대한 생각은 세대별로 큰 차이가 있습니다. 젊은 여성들은 집안일 잘하는 남자와 결혼하는 것을 능력으로 여깁니다. 젊은층의 SNS를 보면 아내들은 남편이 만든 음식이라며 보란 듯이 사진을 올리는가 하면, '친구와 일요일 브런치. 남편은 집 청소 중'임을 어필하기도 합니다. 집안일 하는 것을 당연하게 생각하는 민주적인 남편과 결혼한 것, 또는 남편도 집안일을 분담하도록 손수 가르쳤다는 사실은 젊은 여성들에게 자랑스러운 일인 거지요.

반면 저보다 윗세대 분들 중에는 남편에게 차마 집안일을 시키지 못하는 여성이 많습니다. 집안일은 여자가 하는 일이라는 인식이 뿌리 깊이 박혀 있다 보니 집 안팎의 일로 몸이 파김치가 돼도 남편에게 부담을 지울 수 없는 거지요. 개중에는 남편에게 집안일을 시키는 것을 여자의 수치로 알거나, 남편이 거들어주겠다는데도 남자가 부엌에 들어오면 못쓴다며 물리치는 사람도 있습니다.

아직 나이도 젊은데 이런 생각을 하는 사람이 있는가 하면, 연세 드신 남자분들 중에도 '사람이라면 집안일은 당연히 할 줄 알아야지.' 하며 누가 시키지 않아도 알아서 하는 사람도 있지요. 이런 건 교육이나 개인의 자질에 따라 달라지나 봅니다.

어떤 젊은 여성들은 바깥일과 집안일에 육아까지, 그야말로 노예처럼 열심입니다. 녹초가 된 얼굴을 남편에게 보여주는 것이 그녀들로서는 유일한 SOS 신호겠지만, 남편들이 눈치챌 리가 없지요. 피로에 찌든 아내 얼굴 보기가 지겹다며 불륜에 빠지는 쇼와 시대스러운 남편들도 있으니 말입니다.

그러고보면 저는 동거인과 함께 살며 출장도 마음대로 가고 나홀로 여행도 다녀오곤 하는데요, 한 젊은 여성으로부터, "동거하시는 분이 이해심이 있으시네요!" 하는 소리를 들은 적이 있습니다. 이제 서른 좀 넘은 사람이 여자는 기본적으로 집에 있는 사람이고 남편이나 동거인의 '이해심'이 있어야 밖에 나갈 수 있다는 생각을 하고 있는 것을 보며 저는 경악했습니다.

"돌봐야 하는 어린애나 부모님이 있는 것도 아니고, 제가 뉘 집 며느리도 아닌데, 이해심이고 뭐고 할 게 있나요? 내 손으로 벌어먹고 사는데 출장이든 여행이든 가고 싶으면 가는 거죠." 이렇게 대답은 했지만 그분이 말뜻을 이해했을지는 글쎄요, 잘 모르겠네요.

이 여성분의 어머니는 전업주부였습니다. 아이를 어느 정도 키워놓고 남편의 '이해'를 구해 아르바이트를 했고 남편이 '이해'해줄 때만 친구들과의 여행이나 식사 약속에 다녀오곤 했습니다. 딸인 그 여성분 역시 여자는 남자들의 '이해'가 있을 때만 집안일에서 벗어나 사적인 시간을 가질 수 있다는 생각 속에 성장했겠지요.

그러다 보니 "이해심이 있으시네요." 하는 말이 칭찬이라며 나온 것일 테고요. 하지만 공적으로든 사적으로든 오랜 프리랜서 생활을 거치며 내 행동에 누군가의 이해가 필요하다고 생각해본 적조차 없던 저는 그 신선한 생각에 깜짝 놀라고 말았습니다.

그런 관점에서 보자면, 요즘 부부는 서로에게 이해를 구하는 시대가 되었습니다. 예전에는 남편이 일방적으로 아내를 이해해주고, 남편은 뭘 하든 아내에게 일일이 이해해달라 하지 않았지만, 지금은 아닙니다. 부부가 맞벌이하며 아이를 키우는 경우, 일상생활을 영위하기 위해서는 서로의 스케줄을 속속들이 꿰고 있어야 합니다. 서로의 일정을 확인해서 아이들 등하원이나 갑자기 열이 났을 때 병원 데리고 가는 일들을 조율해야 하니까요. 회식이 겹치면 양가 부모님 손을 빌리든가 그것도 힘들면 두 사람의 회식

중 어느 쪽이 더 중요한지를 저울에 달아 한쪽이 포기하든가 해야 하지요.

남편은 바깥일, 아내는 집안일과 육아, 하는 식으로 성별 역할 분담이 분명했던 시절에는 이런 고생은 할 필요가 없었겠지요. 주부를 '섹스 가능한 식모'라 부르던 시대가 실제 있었는데(물론 섹스리스 시대보다 앞선 일입니다), 아내는 집에 붙박이로 있으면서 스물네 시간 집안일에 매여 있었습니다. 주부가 없으면 가족들의 일상생활이 엉망이 되기 때문에 동창회나 결혼식 등 특별한 일이 있을 때만 아내들은 남편의 '이해'나 '허락'을 얻어 외출할 수 있었습니다.

무코다 구니코(일본의 국민 방송 작가)의 작품에 등장하는 아버지들은 퇴근길에 무엇을 하든 자유였습니다. 그 시절에는 업무상 알고 지내는 사람과 한잔한 뒤 집에 불쑥 데리고 올 때도 거리낌이 없었고, 이런 불시의 습격에도 센스 있게 안주를 대접하는 주부가 '좋은 아내' 소리를 들었지요.

이후 통신 수단의 발달로 아버지들의 행동은 점차 제약을 받게 됩니다. NTT(일본 최대 통신 업체)가 '가에루 콜(귀가 전화)' 광고 시리즈를 내놓은 것이 1985년의 일입니다. 남편들이 아내에게 전화를 걸어 "이제 집에 가.", "00시쯤

도착할 거야." 하는 식으로 귀가 보고를 하는 내용입니다. 광고를 보면 안경을 쓴 정장 차림의 회사원이 연두색 공중전화 앞에 서서 "여보세요? 응, 나야. 지금 퇴근해." 하며 아내에게 전화하는 모습이 나옵니다. 아내는 집에서 음식을 하다가 웃는 얼굴로 전화를 받습니다.

실제로는 공중전화보다는 회사 전화로 '가에루 콜'을 건 사람이 많았겠지만, NTT 광고에서 회사 전화를 사적으로 쓰도록 권장할 수는 없는 노릇이니 공중전화로 설정한 거겠지요.

광고에는 "가에루 콜, 고마워." 하는 카피가 등장하는데, 당시 아내들은 남편의 이 '가에루 콜'이 반가웠던 모양입니다. 그 말은 즉, 이 광고가 나오기 전의 아버지들은 그날 일정을 아내에게 제대로 알려주지 않았던 게 아닌가 싶어요. 기껏해야 "오늘은 저녁 준비하지 마."라든가 "좀 늦을 거야." 하는 정도였지, 구체적인 이야기는 없었던 게 아닐까요?

아내 입장에서는 몇 시에 남편 밥을 차려줘야 할지 모르면 무척 답답합니다. 무코다 구니코의 작품 세계 속 아내들은 남편이 집에 올 때까지 단정한 차림으로 기다리는 모습으로 그려졌지만 쇼와 말기에 이르면서 아내들도 남편이 집에 늦게 온다고 하면 목욕하고 아예 먼저 잠자리에 들기도 했습니다. 그러니 귀가를 알리는 전화가 고마웠겠지요.

이후 세월은 흘러 바야흐로 개인이 모두 자신의 통신기기를 소유하는 시대가 되었습니다. 전화가 아니라도 이메일이나 LINE(일본 모바일 메신저 앱)처럼 다양한 통신수단이 등장해 남편들은 공중전화 없이도 언제 어디서나 아내에게 일정을 알릴 수 있게 되었지요. 남편이 아내의 이해를 구해가며 행동하게 된 것입니다.

스마트폰 같은 통신기기의 발달은 부부 사이의 관계에도 다양한 변화를 초래했습니다. 부부 간의 연락뿐 아니라, 성별 분업이 붕괴한 부부 사이에서는 서로의 업무 일정을 파악함으로써 집안일과 육아를 누가 언제 할지도 정할 수 있게 되었지요.

한편 스마트폰은 부부 관계에 쉽게 금이 가게 할 수 있는 도구이기도 합니다. 스마트폰을 통해 부부 사이의 연락이 긴밀해진 대신, 배우자가 아닌 사람과도 자주 그리고 비밀스럽게 연락할 수 있게 되었으니까요. 인터넷을 통해 아는 사람 모르는 사람 모두와 직접 연결할 수 있게 되면서 남편도 아내도 서로가 모르는 사적인 생활을 즐길 수 있게 되었습니다.

또 한 명의 주부가 되어 집에서도 쉬지 못하는 남편들. 집안일을 하면 하는 대로 그 방식이나 결과를 놓고 잔소리 하는 아내에게 짜증이 나 후라리맨이 됩니다. 그리고 스마트폰을 통해 집안일 분담 같은 얘기는 꺼내지도 않는 젊은 여자를 만나 어느덧 그녀에게로…… 아내들도 비슷합니다. 아무리 해도 결국 자기 차지가 되는 집안일과 육아의 부담에서 벗어나고자 스마트폰을 만지작거리다가 새로운 설렘을 찾아나서게 되는 경우를 많이 볼 수 있지요.

집안일이라고 하면 아무나 할 수 있는 단순 노동으로 생각하는 사람이 있을지도 모르겠습니다. 그러니 남자들이 집안일을 하찮게 본 구석이 있었던 거겠지요. 하지만 집안일이란 게 우습게 보다가는 큰코다칩니다. 시간이 흐르면 저절로 해결되는 일도 아니거니와 누가 대신 해주지도 않지요. 가만히 두면 집안은 음식물 쓰레기 냄새가 진동을 하고 욕조는 물때가 껴서 미끌거립니다. 매일 쉼 없이 해치워도 잘했다 해주는 사람이 있기를 하나 대가가 있기를 하나, 사람 진을 다 빼놓는 일이 집안일입니다.

이제야 남자들도 집안일이 얼마나 힘든지 깨닫고 당혹스러워하는 모양입니다. 그러나 이제 무코다 구니코의 작품 속에 나올 법한, 아침부터 밤까지 노예처럼 불평 한마디 없이 부지런하게 집을 쓸고 닦는 아내는 없습니다. 귀가 시간을 늦춘다고 해서 음식물 쓰레기가 어딘가로 사라지는 것도 아니라는 사실, 이쯤 해서 남자들도 가슴에 새겨야 하지 않을까 싶네요.

6

/

가정 시간에
가르쳐야 할 것은 뭐다?

/

초등학생 시절 가정 시간의 첫 조리 실습 때 만든 것은 아마 안닌도후(중국 디저트)였을 겁니다. 물론 제대로 된 것은 아니었고 우유에 한천가루를 넣고 굳힌 다음 위에 과일 통조림을 얹는 정도였지만요. 친구들과 같이 요리를 하는 것은 무척 즐거운 경험이었습니다.

당시 가정 과목을 저는 그냥 명칭이 '가정'인 과목으로만 받아들였습니다. 하지만 지금 와서 생각해보니 그건 향후 '가정'을 꾸리기 위해 필요한 과목이었어요.

장차 나고 자란 집을 나와 자기 가정을 꾸릴 거라고는 눈곱만큼도 생각한 적 없던 저였던지라, 결혼과 출산에 대한 꿈도 희망도 없었고 가정이라는 과목이 의도하는 바도 전혀 이해하지 못했습니다. 가정 수업은 어린 시절 하던 엄마놀이의 연장선상에 있는 잠시 쉬어가는 타임 같은 것이었지요. 그런 아이들에게 가정을 꾸린 후의 일까지 가르쳐주려 한다니 이 얼마나 빈틈없는 일본의 학교 교육인가요. 이 나라는 가정 수업을 통해 '가정이란 이래야 한다'고 아이들에게 가르치려 했나 봅니다.

한때 일본의 중학교에서는 여학생은 가정, 남학생은 기술 수업을 받았습니다. 여자는 집안일, 남자는 바깥일, 하는 식으로 학교에서 지도했던 거예요. 그런 노골적인 구별 내지는 차별은 결국 논란이 되었고 이후 중고등학교에서 가정 수업은 남녀 공히 필수가 되었습니다.

저는 여자만 가정 수업을 듣던 시대의 끝자락에 학교를 다녔지만 어차피 여학교였기 때문에 남녀 사이의 구별은 깨닫지 못했습니다. 다만 공학에 다녔던 오빠는 중학교 기술 수업 시간에 톱이나 망치로 목공품 같은 걸 만들었던 것 같기는 하네요.

그러나 그 후 오빠가 일요 목수(주말이나 여가 시간에 취미로 목공품 등을 만드는 사람)가 되어 집에서 뭔가를 만든 적은 한 번도 없었습니다. 뭐든 다 파는 세상인데 목공이나 제도 기술 같은 걸 실생활에서 써먹어보려 한 남자가 몇이나 됐겠어요.

한편 저는 여학교에서 가정 수업을 들었는데 이 역시 상당한 낭비였다고 생각합니다. 가령 '중학교 시절 최고로 쓸모없었던 일'로 지금까지 똑똑히 기억하는 것이 당시 완성하는 데 수개월이 걸린 유카타(일본 전통 여름 복식) 만들기였어요.

제가 나온 중학교에서는 해마다 가정 시간에 일 학년생이 반드시 거쳐야 하는 통과 의례가 바로 '유카타 만들기', 즉 전통식 바느질이었어요. 엄한 할머니 선생님이 가르쳐주셨는데 용어도 못 알아듣겠고 괴롭기만 했습니다. 부모님이라고 할 줄 아실 리가 없으니 집에 가져가 할머니께 몽땅 해달라고 하곤 했지요.

마침내 완성된 유카타를 학교에서 친구들과 함께 입어봤을 때는 나름 재미도 있었지만, 그 후 살면서 전통 바느질을 배워보고 싶다는 생각이 든 적은 한 번도 없었습니다. 필요성을 느낀 적도 없어요. 그저 힘들었던 기억만 지금까지 남아 있지요.

가정 시간에는 뜨개질도 배웠는데 이 또한 저에게 지옥 같은 시간이었네요. 당시 겨울방학 숙제 중에 '손뜨개로 아기 양말 만들기'가 있었어요. 지금 생각해보면 장래 출산 욕구를 함양하자는 의도가 담겨 있었는지도 모르겠습니다만, 하필 저에게는 아기도 뜨개질도 전혀 관심사가 아니었어요.

안타깝게도 어머니, 그리고 할머니마저 뜨개질에는 전혀 흥미가 없으셨습니다. 부처님처럼 자애로운 이웃집 아주머니께 떠주십사 몽땅 부탁드렸던 것으로 기억합니다.

이처럼 가정 시간은 저에게 '가정이란 참 귀찮은 것'이라는 생각만 각인시켰답니다. 아마 당시에는 아직 손으로 무언가를 만드는 행위에 대한 신앙 같은 게 있었기 때문에 유카타나 아기 양말을 만들게 했던 것 같아요.

이후 제가 깨달은 것은 지금 같은 세상에 옷을 직접 만들어 입을 필요가 전혀 없다는 것이었습니다. 유카타든 양말이든 산 것이 훨씬 값도 싸고 보기도 좋습니다. 당시 손으로 뜬 스웨터를 남자친구에게 선물하는 것이 유행하기도 했지만 그런 걸 좋아하는 친구들은 학교에서 가르쳐주지 않아도 인기를 얻기 위해 자기가 알아서 배워 만들었습니다.

게다가 손뜨개 스웨터를 선물받은 많은 남자들이 얼마 지나지 않아 부담을 느끼기 시작하면서 손뜨개 열풍은 잦아들었습니다. 님이 입어주지 않을 스웨터를 정성껏 뜨는 모습은 엔카 속에나 나올 법한 이야기가 되었고, 대신 감각적인 스웨터를 사서 선물하는 여자들이 각광받게 되었던 거지요.

요즘 가정 시간에는 유카타 만들기 같은 건 이제 가르치지 않겠지요. 하지만 유카타 입고 불꽃놀이 보러 가기는 여전히 성행 중이니, 아마 사람들이 원하는 것은 유카타를 직접 만드는 것이 아니라 '바카본처럼 보이지 않기 위한 유카타 입는 법(애니메이션「천재 바카본 天才バカボン」속 등장인물 바카본은 종종 유카타를 입고 나오는데 다소 촌스럽고 우스꽝스럽게 그려진다)'이 아닐지요.

가정 과목은 원래, 전후 새로운 교육 제도가 실시되면서 생겨난 과목이라고 합니다. 그 전에야 아이들도 빨래판으로 빨래도 하고 부뚜막에서 밥도 지으며 어른들 일을 도왔을 테니 굳이 학교에서 가정과 관련된 이런저런 일들을 배울 필요야 없었는지도 모르지요. 그러나 강제적인 노동으로서의 가사가 아니라, 민주적인 가정을 꾸리기 위한 근대적이고 합리적인 가사 능력을 함양해야 한다는 취지에 따라 전후 학교 교육에 포함된 것이 가정 과목이었던 거예요. 그때는 '남자는 바깥일, 여자는 집안일'을 하는 것이 당연했습니다. 국가 차원에서도 성역할 분담을 확실히 해서 일본이라는 나라가 굴러가도록 해야 했기에 가정 과목이 만들어진 것일 테고요.

그 후 시대는 바뀌었습니다. '남자는 밖에서 여자는 집에서'라는 원칙이 흔들리고 모두가 밖으로 나가게 되면서 동시에 모두가 집안일을 해야 하는 시대가 도래한 것입니다.

가정 과목 도입 초기에는 사람이 크면 결혼하고 아이를 낳아 가정을 꾸려야 한다는 생각도 존재했겠지요. 하지만 지금은 그런 생각도 흔들리고 있습니다. 가정을 일궈야 한다는 생각이 너무 강해서 어떻게 가정을 일굴지를 젊은 이들에게 가르치지 않았던 것이 원인인지 아닌지 모르겠으나, 지금은 결혼하지 않는 사람도 많습니다. 이성만 파트너가 되는 것도 아니어서 동성과 함께 사는 사람도 있지요. 이렇게 '가정'의 이미지는 다양해지고 있습니다.

사람은 모두 이성과 짝을 이루어 결혼하고, 결혼하면 남자가 밖에서 일하고 여자는 집안일을 한다고 생각하던 시대에는 '여자는 평생 톱질할 줄 몰라도 된다.', '남자가 부엌에 들어갈 필요는 없다.'고 생각해도 괜찮았습니다. 남녀의 수업이 '기술'과 '가정'으로 나뉜 것은 그 때문이었죠.

반면 지금은 집안일도 바깥일도 분담하는 시대입니다. 운 좋게 집안일을 도맡아 해주는 배우자를 만났다 해도 백

세 인생 시대다보니 말년에 배우자와 헤어지거나 사별이라도 하면 혼자 살게 될 가능성이 큽니다. 그렇기 때문에 지금은 남녀 불문, 집안에서 발생하는 이런저런 일들을 최소한도로 처리할 수 있어야 비로소 즐겁고 건강한 생활이 가능해지는 거지요.

그런 지금, 가정 과목의 중요성은 커지고 있다는 것이 제 생각입니다. 가정 수업 시간에는 커리큘럼상 의식주에 관한 내용을 골고루 가르치게 되어 있는데 그중에서도 가장 중요한 것이 아마 '식食'이겠지요. 요즘 들어 세간에서 식생활 교육의 중요성이 강조되고 있는 걸 보면 역시 '의衣'나 '주住'는 '식食' 다음에 와야 할 것 같습니다.

유카타 만들기와 뜨개질 때문에 가정 수업이라면 진절머리가 난 저는 가정 시험 성적도 항상 나빴습니다. 그 결과 음식 한번 제대로 못 만들어보고 어른이 되었는데 이성 교제를 하면서 요리를 배운 것 같아요. 또 좌우지간 내가 먹고 싶은 걸 먹겠다는 강한 욕구로 요리를 하게 된 면도 있습니다.

제 부모님이 금슬은 좋지 않았지만 '먹는 걸 좋아한다'는 데서 일치했던 것이 저에게는 행운이었습니다. 종종 밥상머리 분위기가 싸한 적도 있었지만 어머니가 비교적 균형 있게 맛있는 음식을 만들어주신 덕분에 저는 크게 삐뚤어지지 않고(꼬이기는 했지만) 성장할 수 있었던 것 같아요. 집안 분위기도 싸한데 밥상 위 음식들까지 싸했다면 아이들에게는 아주 힘들었을 테니까요.

하지만 저의 이런 생각은 지금 시대와는 맞지 않는 것 같기도 합니다. 어머니가 전업주부였고 요리를 좋아하며 삼대가 함께 살았던 우리집은 여러 세대를 위한 다양한 음식들로 식탁이 가득했습니다. 저는 삼시 세끼에 수제 간식까지 먹는 것을 당연하고 마땅한 일로 생각하며 자라난 것입니다.

지금도 저는 음식을 할 때 상다리가 부러지도록 한상 가득 차리고 싶은 욕구에 사로잡히곤 합니다. 하지만 그렇게 했다가는 정말 피곤해지겠지요. 저야 지금 재택으로 일을 하고 아이도 없으니 집안일을 할 시간적 여유가 있는 편이지만 아이를 둔 직장인들이라면 몸이 남아나지 않을 것 같아요.

정성이 가득한 맛난 음식을 먹고 싶다고 해서 매일 그런 걸 만들고 있다가는 몸과 마음이 피폐해집니다. 업무, 집안일, 육아 모두 만족스러울 때까지 완벽을 기하다가는 여자들의 부담은 무한대가 되고 말아요. 그래서 요즘은

'요령껏 적당히 하고 살자'는 모양입니다. 편의점 도시락이든 배달 피자든 상관없지 않냐는 거지요. 그런데 그 말이 정말 맞다 싶으면서도, 편의점 도시락을 받아들고 가는 아이들을 보면 마음 한구석에 자꾸만 불쌍하다는 생각이 드는 거예요. 여자들만 집안일 하는 건 말이 안 된다고 하면서도 직장 다니는 엄마가 아이에게 편의점 도시락을 사주는 걸 불쌍하다고 보는 것은 명백한 모순입니다.

이런 모순된 생각을 하는 것은 역시 제가 속한 세대 때문이겠지요. 제 부모님 세대는 전업주부가 많았고, 저는 권위적인 아버지에게 반감을 느끼면서도 학교에서 돌아오면 어머니가 집에 계신 게 당연하고, 그런 어머니가 끼니때마다 정성껏 차려주시는 온갖 음식도 당연하게 생각했습니다.

"엄마, 이렇게 정성 들여 음식 안 해도 되니 좀 쉬어." 이런 말 한마디 할 생각도 못 했네요. '남자는 기술 여자는 가정'이라는 생각이 제 안에도 자리 잡고 있는 거지요.

또래 친구들 중에도 집안일은 여자가 해야 한다는 세뇌에서 벗어나지 못한 경우가 많습니다. 아들이 커리어우먼과 결혼해서 집안일이나 돕고 살면 속상할 것 같다고 말하는 전업주부 친구, 자기 방식대로 해야 직성이 풀리기 때문에 남편과 아이들에게는 집안일을 시키지 않는다는 친구, 그리고 저처럼 전업주부는 아니지만 편의점 밥 먹는 아이를 불쌍하게 보는 친구…….

그러나 회사 일로 기진맥진인 어머니가 매일매일 영양가 풍부한 음식을 식구들에게 해다 바치는 건 명백히 비현실적인 일입니다. 요리를 비롯해 집안일 전반에서 일본인이 추구하는 높은 수준을 조금 떨어뜨릴 필요도 있겠고, 무엇보다 '집안일은 모두 함께하는 것'이라는 인식을 공유해야 합니다. 그렇게 될 때 가정 수업의 중요성도 더욱 크게 부각되지 않을까요? 즉 아버지들도 배만 채우고 끝내는 게 아니라 만들기 쉽고 몸에도 좋은 요리를 할 줄 알아야 한다, 아이들도 고등학교 졸업할 때까지는 정크푸드 아닌 음식을 직접 조리하거나 조달하는 기술을 익혀야 한다, 이런 걸 배우자는 차원에서요.

물론 필요한 것은 식생활 지식에 국한되지 않습니다. 쓰레기 분리 배출, 불필요한 것들 정리하기, 로봇 청소기가 활약하기 힘든 좁고 살림살이 많은 집의 청소법, 전구 교체하기, 가전제품 배선 방법, 자기가 더럽힌 변기는 자기가 청소해야 한다는 생각 등, 여차했을 때 혼자 살아가기 위해 알아두어야 할 가정에 관련된 일들은 무척 많습니다. 이제 바퀴벌레나 보이스피싱 전화 대처법도 필요해질지 모르겠네요.

전통 바느질이든 양재든 수예든, 이런 기술은 이제 필요 없을 것입니다. 단추 정도는 달 줄 아는 편이 좋겠지만 요즘 세상에 옷을 직접 만들어 입는다는 건 취미의 영역이니까요. 그보다는 빨래 말리기와 개기까지 포함한 세탁 방법을 구체적으로 알아두는 편이 낫습니다.

옛날 가정 수업은 '엄마들이 사랑으로 노력하면 온 식구가 풍요로운 생활을 누릴 수 있다'는 생각이 바탕에 깔려 있었습니다. 그러나 요즘 가정 수업에 필요한 것은 '한 사람 한 사람이 자기 삶을 끝까지 살아내기 위해 필요한 능력을 익히자'는 자세가 아닐까 싶습니다. 가사 능력은 한번 익혀두면 절대 손해볼 일이 없으니, 어르신을 위한 가정 수업이 있어도 괜찮겠어요.

할머니와 사별한 할아버지들을 보면 가정 수업의 필요성을 절실히 느낍니다. 요즘 할아버지들은 '집안일은 여자 몫'이라는 생각으로 살았던 세대였기 때문에 가사 능력이 있는 분이 많지 않습니다. 그리고 무슨 까닭인지 아내가 먼저 갈 거라고는 생각하지 못하고 살아온 분도 있어서, 갑자기 혼자 남겨지게 되면 생활이 순식간에 엉망진창이 되는 거지요.

여전히 젊고 능력 있는 분들이야 새 여자친구를 만들거나 고급 시설에 들어가실 수도 있을 거예요. 하지만 아내를 먼저 보낸 남편들을 보면 대개 살이 쪽 빠지거나 확 찌거나 둘 중 하나입니다. 빠지는 사람은 먹는 게 귀찮았을 것이고, 찌는 사람은 영양가 따위는 안중에도 없이 손쉽게 먹을 수 있는 탄수화물이나 지방류만 섭취했을 것입니다.

한때 높은 사회적 지위를 누리던 할아버지가 할머니를 먼저 보내고 정크푸드만 드시며 살이 찌는 모습을 보면서 '학교 공부 중에 마지막까지 중요한 게 있다면 가정 수업일지도 모르겠다'고 생각했습니다. 수학이나 영어를 제아무리 잘 해봤자 기본적인 생활을 영위할 수 있는 건 아니니까요. 가정의 모습이 계속해서 변해가는 가운데 가정이라는 과목의 가능성은 점점 더 커질 것입니다. 이제 가정 수업을 즐기면서 가정에 대한 꿈과 희망을 품는 젊은이도 늘어날 수 있지 않을까 생각합니다.

7

누가
내 걱정 좀 해주라!

신입 사원 시절, 한 선배가 제게 호렌소ほうれんそう(ほうこく 보고, れんらく연락, そうだん상의의 앞글자만 따서 만든 말)가 중요하다고 말했습니다. 신입 직원들은 무슨 일이 있을 때마다 선배나 상사에게 보고, 연락, 상의를 해야 한다는 뜻이었지요. 그러나 저는 이 세 가지 모두 익숙하지 않았습니다. 뭔가 문제가 생겨도 알리기 귀찮다는 생각에 혼자서 끌어안았고, 그러는 사이 일은 커지기 일쑤여서 상사에게 보고하거나 상의하기도 점점 어려워졌습니다.

호렌소가 중요한 것은 기업뿐이 아닙니다. 가장 작은 단위의 사회인 가정에서도 호렌소가 원활히 이루어지면 집안이 잘 돌아갈 것입니다.

저도 어렸을 때는 부모님께 뭐든 다 이야기하는 아이였을 거예요. 유치원이나 학교에서 이런 일이 있었다, 저런 일이 있었다 하며 부모님 앞에서 신나게 재잘거렸을 것입니다. 하지만 나이가 두 자릿수가 될 무렵이면 아이의 마음속에 부모에게 알리지 않는 부분이 생겨나기 시작합니다. 부모에게는 말하지 않고 친구들끼리만 공유하는 경험. 아무에게도 밝히지 않고 혼자서 발효, 숙성시키는 야한 생각이나 음흉한 욕망. 부모에게 보여주지 않는 마음의 범위는 조금씩 계속해서 커져갑니다.

제 경우 딱히 명랑한 성격도 아니다 보니 유아 시절의 천진함이 사라지자 집안에서 말수가 크게 줄었습니다. 중학생 때부터는 아버지 성격을 감안했을 때 '괜히 얘기 꺼냈다가 역정이라도 내시면 나만 귀찮아진다'는 생각이 들어 무슨 일이든 혼자 처리하게 되었지요.

그런가 하면 앞에서 적었다시피 어머니가 남자친구를 한 명 한 명 저에게 다 소개해주셨기 때문에 저도 '저래야 하나 보다' 하고 생각했던 것 같습니다. 고등학생이 되어 이성 친구가 생겼을 때는 꼬박꼬박 집으로 불러 부모님께 소개해드렸고, 본격적으로 사귀기 시작하면 데이트든 여행이든 어머니께는 확실히 알리고 다녔으니까요. 공부나 성적 같은 재미없는 일에서는 호렌소가 잘 안 됐지만 성性이나 사랑에 관련된 사항은 확실히 알리는 것이 우리집만의 규칙이었습니다.

지금 생각하면, 아이들의 행동에 그 어떤 제약도 가하지 않았던 것 역시 우리집의 별난 가풍이었던 것 같습니다. 고등학생이 되자 제가 몇 시에 나가 몇 시에 들어오든 부모님은 한마디 말씀이 없으셨어요. 여름방학 때 여러 친구네 집에서 며칠 밤을 자고 와도 별로 걱정도 안 하시는 눈치였지요.

지금도 고등학교 친구들과 이런 이야기를 나누곤 합니다. "그 당시에 부모님들은 왜 우리들 걱정을 안 하신 걸까?" 아이가 있는 친구는 아이가 너무나 걱정된다고 합니다. 아들이 다 커서 대학생이 됐는데도 밤 열 시 넘어 집에 안 들어오면 불안해진다나요. "근데 우리 고등학생 때는 밤 열 시 넘어서부터 돌아다니지 않았니? 딸이 그러고 다니도록 내버려두시고 말야, 엄마아빠도 참 무슨 생각이셨는지." 부모가 된 지금은 생각이 달라진 모양이에요.

예전에는 지금보다 젊은이들을 막 대하는 풍조가 있었습니다. 엄격하든 방임하든 좀 막 다뤄도 된다는 생각이 부모들에게 있었어요. 반면 지금은 아이가 귀하고 소중한 존재가 되어 부모도 아이를 조심스럽게 대합니다. 잘못해서 아이의 인권을 무시한 행동이라도 했다가는 친부모여도 학대했다는 소리를 들을 수 있다보니 아이들이 삐뚤어지지 않도록, 상처 입지 않도록, 미야자키 망고(미야자키현의 고급 브랜드 망고. 과육이 녹을 듯 부드러운 것이 특징)처럼 소중히 키웁니다.

우리 부모님도 걱정 안 하시는 타입이었지만 저 자신도 부모님께 걱정을 안 끼치는 타입이었습니다. 예전에는 날라리나 불량청소년도 많았는데 제 생각에 그런 애들은 외로운 마음에 부모님이나 선생님으로부터 관심받고 싶어서 일부러 규칙을 어기는 것 같았습니다.

한편 저는 부모님이나 선생님이 제 생활에 관여하는 것이 싫어서 나쁜 짓도 절대 들킬 일 없게 교묘하게 저지르고 다녔습니다. 다행인지 불행인지 요령과 운이 따라준 덕에 그런 나쁜 짓들은 부모님께도, 선생님이나 경찰에게도 들키지 않았습니다. 공부도 선생님께 찍히지는 않을 정도로 해둔 덕에 부모님이 학교로 불려가는 일도 없었지요.

그런 저도 조금 외로울 때가 있기는 했습니다. 학교 선생님도 누가 봐도 불량스럽거나 성적이 안 좋은 애들한테는 항상 신경을 써주셨거든요. 그런 친구들이 알고보면 심성은 고운 아이인 경우가 왕왕 있다보니 선생님도 귀엽게 봐주신 거겠지요. 반대로 걱정을 끼치지 않는다는 것은 존재감이 약하다는 뜻이기도 하기에, 선생님께 예쁨 받아본 적이 없던 저는 그런 친구들을 부러운 눈으로 바라보곤 했습니다.

집에서도 오빠와 달리 저에 대해서는 준코는 걱정 안 해도 된다는 식이었습니다. 오빠는 장남답게 느긋하고 태평한 타입. 어른들께 혼날 게 뻔한 일을 태연하게 저지르는 데다가 꼭 들켰기 때문에 부모님은 '오빠가 걱정'이라는 말씀을 달고 사셨어요.

반면 저는 그런 장남을 '왜 저래?' 하고 히죽거리며 쳐다보는 약삭빠른 막내의 전형이었습니다. 상처투성이가 되어 우물쭈물하는 오빠 옆을 매번 다친 데 하나 없이 말쑥한 몸으로 쓱 지나치는 식이었지요.

입시든 취직이든 오빠에게는 부모님이 달라붙어 걱정했던 데 반해, 저는 혼자 힘으로 어떻게든 헤쳐왔습니다. 나름 위기다 싶은 적도 있었지만, 그렇다고 이제 와서 부모님께 상의할 수도 없는 노릇. 두 분이 저의 위기를 눈치채지 못하도록 알아서 처리했습니다.

회사에 들어갈 때도 나올 때도, 집에서 독립해 나올 때도, 부모님께는 가타부타 말씀드리는 법 없이 알아서 결정하고 거침없이 살아왔지요. 딸이 도무지 결혼할 생각을 안 하는 건 걱정이지만 그럭저럭 제 앞가림은 하니 부모님도 그러려니 하시지 않았을까요?

그런데 이제 이렇게 나이를 먹어 부모님이 모두 돌아가시고 나니 이런 생각이 드는 거예요. '두 분은 이런 내가 과연 사랑스러우셨을까?' 분명 저는 부모님께 걱정도 고생도 끼친 적이 없습니다. 하지만 부모란 걱정이나 고생을 하기 때문에 자식이 더 사랑스럽게 느껴지는 것이 아닐지요. 저는 부모님께 속마음을 절대 보이는 법이 없었습니다. 그러면서 한편으로는 부끄러운 줄도 모르고 그 속마음을 에세이로 만들어 입에 풀칠하는, 종잡을 수 없는 딸이었습니다. 두 분은 그런 딸을 어떻게 대해야 할지 분명 고심하셨겠지요.

전업 작가가 되고 나서도 저는 일에 관해 부모님께는 일체 호렌소 하는 법이 없었습니다. 그럼에도 제가 쓴 책이나 잡지를 몰래 사놓으신 걸 보면 '에고, 부모 마음이란…….' 싶으면서도 '그래도 아마, 부모님 눈에는 걱정깨나 끼친 오빠가 더 사랑스러웠겠지.' 하는 생각이 들어요.

아직 어머니가 살아 계시던 때의 일입니다. 저는 일과

관련해서 연말에 베토벤 교향곡 제9번「합창」콘서트에 참여하게 되었습니다. 장소는 도쿄국제포럼. 오케스트라와 솔리스트(혼자 연주 또는 노래하는 사람)가 앞쪽에 자리를 잡고 저희 합창단원들은 그 뒤에 줄지어 섰습니다. 참가자가 꽤 많았기 때문에 무대 위 계단식 단상은 상당히 높았습니다.

이 행사는「합창」을 꼭 불러보고 싶었던 사람들을 위해 마련된 자리였기 때문에, 홀은 근사했지만 관객이 몰릴 만한 행사는 아니었어요. 저도 할당된 티켓을 부모님이나 지인분께 나눠드리는 정도였고 어머니는 친구분과 함께 보러오셨지요.

드디어 콘서트가 시작되었습니다. 합창 대열 순서를 정할 때 꽤 높은 뒤쪽 단을 배정받은 저는 떨어지지 않기 위해 발에 힘을 준 채 노래를 마쳤습니다. 어려운 곡이었지만 그만큼 성취감이 있어 즐거운 한때였어요.

모든 행사가 끝나고 집에 갈 채비를 하는데 휴대전화에 어머니가 보낸 문자가 와 있었습니다.

"고생했다. 단상에서 떨어질까 봐 걱정되더라."

지극히 '엄마 문자' 같은 퉁명스러운 글이었지만 그걸 읽고 저는 얼마나 기뻤는지 모릅니다. 여태 두 분께 걱정 끼치지 않고 살아왔는데 이제 이렇게 이 나이에 부모님이 내 걱정을 다해주시네 하고요.

뜻밖의 기쁨을 곱씹으며 '아, 나도 속으로는 부모님이 걱정해주시기를 바랐나 보다.' 하는 생각이 들었습니다. 걱정 끼치거나 간섭받는 것이 성가셔서 '호렌소'를 전혀 하지 않고 살아오는 동안, 부모님은 부모님대로 익숙해져서 저를 방치하셨어요. 하지만 저도 마음속 어딘가에서 '내 걱정도 좀 해달라고!' 하고 외친 것 같다는 생각도 들었습니다.

그때 제 나이 이미 마흔을 넘어 있었고 어머니는 육십대였습니다. 부모자식 관계로 보자면 이제 제가 부모님 걱정을 해야 할 때였지요. 어느 집 부모자식이든 그 정도 나이가 되면 관계의 역전이 일어나듯, 만사 주도권은 당연히 제가 쥐고 있는 상태였어요.

업무적인 면에서도 이제 주변 사람들이 제 걱정을 해줄 일은 없었습니다. 이미 경험도 많고 마감도 잘 지키는 저를 주위에서는 '그럭저럭 일 좀 하는 사람'으로 생각했고, 저 역시 무리 없이 해냈으니까요.

그런 시기였던 만큼, 어머니가 '단상에서 떨어지지 않을까' 하고 저를 어린아이처럼 걱정한다는 사실이 기뻤습니다. 나도 걱정해주는 부모님이 계시는구나 하고 생각하니 누군가가 포근한 이불을 덮어주는 느낌이었어요.

그 이듬해에 어머니는 돌아가셨습니다. 이후 연말에 「합창」을 들을 때면 저는 어머니가 해주신 '마지막 걱정'을 떠올립니다. 제 평생 앞으로 베토벤의 「합창」을 부를 일은 없을 것입니다. 합창하는 것 자체가 싫은 건 아니지만, 혹 여나 베토벤의 「합창」을 불렀다가는 눈앞의 관객석에서 한 때 나를 걱정해주던 이가 앉아 있던 모습이 떠올라 도저히 노래 부를 정신이 아닐 테니까요.

젊어서 부모님께 걱정 끼치지 않기 위해 너무 애쓴 탓 인지 저는 지금도 걱정에 굶주려 있다는 생각이 듭니다. 예전에 꼬맹이 조카를 데리고 산책에 나선 적이 있습니다. 조카가 갑자기 "앗, 강아지다!" 하고 소리치며 제 쪽으로 달려왔어요. 저는 "위험해, 위험해!" 하며 조카와 개 사이 에 끼어들었고 그러자 개가 이번엔 저에게 장난치듯 달려 드는 것이었어요. 상당히 큰 대형견이었기 때문에 제가 개 와 마주보고 삳바라도 잡고 있는 것 같은 모양새가 되었습 니다. 이때 "괜찮아……?" 조카의 이 말 한마디가 제 마음 을 찡 하고 울렸습니다. 아직 나이도 어린 조카가 나를 걱 정해주다니, 고모는 기쁘구나 하면서요. 그러니까 걱정에 굶주린 저를 죽일 생각이라면 칼 같은 건 필요 없습니다.

조금 더 나이를 먹으면 어느 날 갑자기 모르는 사람이 전화를 걸어와 걱정해주는 척만 해도 달라는 대로 돈도 척척 보내줄 것 같아요.

지금 제 또래 사람들은 걱정이 한창입니다. 아이들은 손이 안 가는 나이가 되었지만, 대학 입시나 취직 같은 마지막 걱정거리가 남아 있지요. 부모님의 노후생활을 돌봐드리는 문제 등이 남아 있고요. 부모자식 모두를 살펴야 하는 때입니다.

부모님도 안 계시고 자식도 없는 저는 그런 친구들이 그저 대단해 보입니다. 그녀들은 지금 '걱정의 주체'로서 집안에 없어서는 안 될 존재니까요.

그렇기 때문에 '걱정의 주체'들은 스트레스도 많습니다. 친구들을 보면 현재 아버지가 먼저 가시고 어머니만 남아 있는 경우가 가장 많은데, 그런 친구들은 홀로 남은 어머니가 보내는 '나 좀 걱정해다오' 하는 유무형의 압력을 강하게 느끼고 있는 모양입니다. 친구들끼리 모이면 이런 넋두리가 꼭 나오거든요. "아버지 살아계실 땐 몰랐는데, 가시고 나니까 엄마가 사람을 얼마나 힘들게 하는지 몰라!", "누가 아니래. 밤낮 가리지 않고 전화하시지, 신세타령은 또 어떻고!" 등등.

그 마음 저도 잘 압니다. 부부가 한 세트로 존재할 때는 서로의 별난 성향을 받아주는 상대방이 있어 집 안에서 수습될 수 있었습니다. 그러다가 한 사람이 먼저 세상을 뜨면 남은 한 사람의 별난 성향은 집 밖을 향하게 됩니다. 특히 딸은 어머니 입장에서 아무 얘기나 하기 편한 상대이기 때문에 '내 걱정 좀 해달라'는 욕구를 고스란히 떠안게 되지요.

우리집에서도 아버지가 가시자 혼자 남은 어머니가 "혼자 먹는 밥 아무렇게나 먹으면 어떠니? 부엌에서 서서 먹으면 금방 끝나는걸." 하며 당신이 얼마나 처량한지를 유독 강조하셨습니다. 하지만 걱정 끼치는 데 익숙하지 않은 저는 걱정하는 데에도 익숙지 않았습니다. 게다가 어머니는 살면서 항상 누군가와 함께였지만 딸인 저는 혼자 있는 시간을 좋아했기 때문에 혼자라서 외롭다는 느낌이 잘 와닿지 않기도 했고요.

어머니를 모시고 외식을 하러 가거나 댁으로 밥 먹으러 가거나 하는 등 나름대로 노력을 하지 않은 것은 아닙니다. 하지만 저로서는 진정으로 어머니를 만족시켜드릴 수 없었습니다. 그러기는커녕, 신세타령하는 어머니에게 속으로는 짜증을 내면서 겉으로 효녀 코스프레를 한 것이 들키지나 않았을지.

남편 없이 혼자 된 어머니가 무심코 딸에게 늘어놓게 되는 신세타령. 그것은 '아이를 사랑해온' 자부심의 표현인지도 모릅니다. 그렇기에 딸이 나를 걱정해줬으면 좋겠고, 나를 좀 더 살펴봐줬으면 좋겠고 한 것이겠지요. 이는 어린아이가 부모에게 하는 행동과도 비슷합니다.

내가 사랑한 상대방이 나를 사랑해주기 바라는 마음. 내가 걱정한 상대방이 나를 걱정해주기 바라는 마음. 자꾸만 이런 감정의 등가 교환을 바라게 되는 것도 어찌 보면 인지상정이지요. 그렇지만 실상은 꼭 그렇지만도 않은 것 역시 인간사입니다. 예전에는 여자가 몸이 부서져라 아이를 키우다 할머니가 되면 자식 손주들의 극진한 봉양을 받았고 이는 다음 세대, 또 다음 세대로 이어졌습니다. 하지만 지금은 그렇지도 않지요. 아예 자손이 없는 사람도 많고, 있어도 요즘 부모나 조부모는 자식 손주들에게 짐이 되고 싶어하지 않으니까요.

예전에 가족 간의 애정이나 걱정이 '언젠가는 내가 되돌려받는 것'이었다면, 이제는 '주고 나면 끝인 것'인지도 모르겠습니다. 하지만 그럼에도 불구하고 사람들의 가족에 대한 걱정은 계속됩니다. 자식손주에 대한 사랑과 걱정이 나에게 되돌아오지 않는다 해서 그 마음까지 접을 수 있는 것은 아니니까요. 경제 원리와는 동떨어진 마음의 주고받음, 이런 일이 가능한 곳이야말로 가정이 아닐까요?

8

/

그놈의
가족여행이 뭐라고

/

여름방학이나 4월 말 5월 초의 황금연휴(일본에서 각종 공휴일이 몰려있는 시기), 또는 연말연시처럼 인파로 넘칠 때 가족여행을 떠나는 사람들을 보면 그저 경외감이 들 뿐입니다. 도쿄역, 하네다공항, 유명 관광지, 어딜 가도 사람, 또 사람. 그 속에서 애는 울고 엄마들은 화내고 어르신들은 힘들어하고, 거기에 외국인 관광객이 뒤섞여 이국의 말까지 정신없이 오가는 상황……. 바벨탑이 이랬을까 싶을 정도로 생지옥이 따로 없지요.

이런 때는 비행기나 숙박 요금도 껑충 뜁니다. 정신없지, 비싸지, 스트레스 받을 게 뻔한 상황. 그런데도 가족들은 여행을 떠납니다. 그 당시는 힘들어도 훗날 분명 다녀오길 잘했다고 생각하겠지요. 인스타그램에도 올릴 수 있고 아이 여름방학 그림일기 소재도 생깁니다. 일본에서 거품경제가 무너지고 '물질보다 추억(닛산자동차 '세레나'의 유명 광고 문구)'을 중시하는 시대가 이어지면서, 소중한 자녀에게 다양한 경험을 선사하기 위해 부모들은 스트레스를 감내하며 여행을 떠나는 것입니다.

이미 가족이라는 집단에서 발을 뺀 저로서는 그런 모습을 보면 감탄해 절이라도 올리고 싶은 심정입니다. 저는 가족뿐 아니라 사회인으로서도 그 어떤 단체에 속해 있지 않습니다. 즉 혼잡할 때 혼잡한 곳에 가지 않아도 되는 거지요. 그래서 오봉이나 연말은 항상 집에서 '가족이 없다'는 사실을 새삼 곱씹게 됩니다. 제가 만에 하나 가정을 꾸렸다 해도 그런 시기에 가족여행을 떠나지는 않을 것 같아요. 아이가 어디 좀 놀러 가자고 울며 떼를 써도 도시락을 싸서 근처 공원이나 가는 정도겠지요. 역시 신은 견딜 수 있는 자에게만 부담을 주시는 모양입니다.

제 세대는 자식들도 이미 다 커서 현재 아이와 함께 여행을 다니는 사람은 많지 않습니다. 그 대신 요구되는 것이 부모님을 모시고 떠나는 여행인데요, 부모님은 놀러 가자며 울며 보채시지는 않지만 "○○씨는 딸이 홍콩 여행을 시켜줬다지 뭐냐." 하는 식으로 자식들에게 압박을 가합니다. 그리고 자식들이 보내줘서 여행 다녀왔다는 글을 인스타그램에 올리지는 않지만, 친구나 이웃집에 여행 기념품을 돌리면서 티를 냅니다.

이렇다보니 부모님이 건재하신 친구들은 일종의 정신수양과도 같은 효도여행을 다녀옵니다. 수양을 무사히 마친 사람은 "부모님과 하코네 온천 다녀옴. 다리가 불편하신 아버지를 위해 숙박시설은 배리어프리인 곳으로. 좋아하셔서 다행이다. 오래 사세요!" 같은 글을 사진과 함께 SNS에 올립니다. '효자효녀시네요.', '부모님이 건강하시네요.' 등의 댓글이 올라오면 '효도 임무 완수'인 것입니다.

저도 부모님이 건강하셨을 때는 제 온 정력을 갈아넣어 효도여행을 다녀오곤 했지요(아주 가끔). 다만 이런 무뚝뚝한 딸과 다녀오는 여행이 부모님 입장에서도 즐거우셨을지는 여전히 모르겠습니다. 자식이 어렸을 때는 부모가 자식을 데리고, 자식이 크면 자식이 부모를 모시고 어딘가에 함께 가는 것은 가족의 임무. 저도 그 시절에는 부모님과의 여행을 일종의 조공 바치기처럼 당연하게 생각했던 것 같네요.

요즘 부모들을 보며 또 한 가지 대단하다 싶은 것은,

아이가 아직 아기일 때부터 거의 해마다 디즈니랜드에 데려간다는 점입니다. 제가 어렸을 적만 해도 아직 디즈니랜드는 없었고 간다 해도 고라쿠엔(오카야마현의 명승지. 일본 3대 정원의 하나)이나 도시마엔(1929년 도쿄 네리마구에 오픈한 놀이공원. 세계에서 가장 오래된 회전목마로 유명) 정도였어요. 그나마도 돈 드는 여가 생활을 꺼려했던 우리집에서는 어지간한 날이 아니면 가지 않았던 것 같네요. 물론 공주님 옷 같은 걸 입고 싶은 욕구도 없었지만요.

그러던 것이 1983년에 도쿄 디즈니랜드가 문을 열면서 일본인은 디즈니랜드의 마법에 걸려버렸고, 부모들은 열심히 아이들을 데려가게 됐습니다. 지금도 저녁부터 밤 사이에 도쿄역을 지나다보면 JR 게이요선 승강장 방면에서 마법에서 풀려나 기진맥진인 사람들이 좀비 떼처럼 걸어오는 모습을 볼 수 있습니다. 디즈니랜드에서 놀다 집에 가는 사람들이죠.

쌍둥이룩을 한 젊은이들도 피곤에 절어 입꼬리가 처진 모습입니다. 가족 손님들은 상태가 더 안 좋아 보입니다. 디즈니 인형 의상을 입은 어린아이는 아빠 등에 업혀 실신 상태에, 부모 손에는 큼지막한 기념품 가방이 주렁주렁. 복장은 밝지만 표정은 어두운 것이, 어디 국경이라도 넘어

탈주해온 것 같은 분위기입니다.

그들을 보며 항상 하는 생각이지만, 저는 정말 못할 것 같아요. 요즘 부모들은 자신들이 어려서 디즈니랜드에 가 본 적이 있다보니 자기도 가고 싶고 아이에게도 같은 경험을 선사하고 싶은 거겠지요. 그러나 만약 저에게 아이가 있다면 이렇게 얘기해줄 것 같아요.

"엄마가 다른 걸로 재밌게 해줄게. 디즈니랜드 같이 가자는 말만 하지 말아줄래? 이다음에 커서 네가 다녀오면 되잖아."

그런 생각은 남매 간에 비슷했던지, 제 오빠도 딸이 태어나자 "아이에게 디즈니랜드라는 것이 있다는 걸 알지 못하게 하고 있다."고 했지요. "나는 그런 데 가는 거 완전 질색이지만, 애는 알면 가자고 하지 않겠어?" 하면서요.

딸을 사랑하지 않는 것이 아닙니다. 오빠는 조카를 퍽 예뻐했고 다른 데라면 여기저기 많이 데리고 다녔어요. 하지만 '사랑과 디즈니랜드는 별개'였던 모양입니다. 저도 "맞아, 맞아." 하며 동의했고, 이 세상에 디즈니랜드라는 땅이 존재한다는 사실은 그렇게 봉인되었습니다. 행여나 "디즈니랜드 아빠가 안 데려다주면 고모가 데려다줄게." 같은 말도 입 밖에 내지 않았지요.

이렇게 해서 조카가 태어나 처음으로 디즈니랜드에 간 것은 아마도 도쿄 어린이들의 평균 디즈니랜드 체험 연령보다 한참 늦었을 열 살 무렵이었습니다. 그런데 그 후 조카가 또 가자는 얘기를 안 하는 건 우리 집안 피가 흘러서 그런 건지, 애가 어른들을 생각해서 그런 건지……. 남들 다 가는 시기에 모두가 가는 장소에 가지 않는 성향은 부모님에게서 물려받은 것인지도 모르겠습니다. 제가 어렸을 때 해마다 여름방학이면 우리집에서 놀러 갔던 곳은 언제나 같은 곳, 지바현 보소반도의 바닷가 마을에 있는 친척집이었거든요.

여름방학이 끝나고 친구들이 오키나와나 가루이자와, 또는 해외에 다녀온 이야기를 글짓기 숙제로 적어내는 걸 볼 때면 항상 굉장하다고 생각했습니다. 일단 우리집은 여행 가서 호텔이나 전통 여관에 묵는 법이 없었어요. 남의 집 별장에 함께 묵은 적은 있지만 우리집 별장은 당연히 없었지요. 한마디로 철저하게 돈 안 들고 스트레스 안 받는 가족여행이었던 것입니다.

지바현이 도쿄에 이웃한 현이라고는 하지만 당시는 아직 도쿄만 아쿠아라인(가나가와현과 지바현을 잇는 해저터널 고속도로)도 개통되기 전이었습니다. 보소반도 끝자락까지 차로 가는 것은 상당히 긴 여정이었어요. 운전 중인 아버지가 저기압이 되지는 않을까 조마조마, 그러면서도 철없는 남매는 뒷자리에서 싸움이나 하고, 아아, 기어이 아버지는 화가 나셨네……. 뭐 이런 식이라 여행길은 늘 마음이 편치 않았던 기억이 납니다.

반도의 끝자락이라고 하면 대개 속세와 단절된 깊은 고즈넉함을 자아내기 마련인데요, 보소반도도 예외는 아닙니다. 그래선지 도쿄의 주택가에서 자라난 저는 여름방학에 지바에서 며칠을 보내며 거의 유학 온 것 같은 기분이 들고는 했습니다. 돌로 깬 자연산 굴을 바닷물에 씻어 후루룩 먹기도 하고, 해수욕장이라고는 하나 소토보(보소반도 중에서 태평양 쪽에 면한 일대. 그 반대쪽이 도쿄도와 마주보고 있는 지역)에 위치한 탓에 거센 파도로 인적이 드문 바닷가에서 해마다 '이러다 죽겠다' 싶은 순간을 경험하기도 하고, 산속의 폭포 있는 데까지 가서 손가락이 끊어질 듯 차가운 웅덩이에서 헤엄을 치기도 하는 등, 가루이자와나 하와이에서는 결코 맛볼 수 없는 야생의 경험을 하며 저는 거의 한 마리 새끼 원숭이처럼 지낼 수 있었습니다.

친적 집은 맹장지 문짝만 떼어내면 집 안에서 모든 관혼상제를 지낼 수 있는 그야말로 딱 옛날 시골 가옥이었어요. 더욱이 친척 어른들은 우리집 식구들을 해마다 홈스테이 시켜주실 정도로 마음 씀씀이가 넉넉하셨지요. 그 집에도 오빠와 제 또래의 형제가 있어서 함께 놀기도 하고 밥도 같이 먹었답니다.

미나미보소(보소반도의 남단에 위치한 소도시)에는 화훼 농가가 많았고, 친척 집도 국화 재배를 하고 있어 헛간에서는 항상 국화향이 났던 기억이 납니다. 지금도 꽃집에서 국화향을 맡거나 중국 음식점에서 국화차를 마실 때면 그 시절의 추억이 되살아나요. 아, 정말 귀중한 체험이었구나, 어른들은 '물질보다 추억' 같은 광고 문구가 나오기 전부터 그걸 실천하고 있었구나, 아침부터 저녁까지 온통 노는 데 몰두해 있었으니 그 얼마나 행복한 시절이었나. 바닷가에서 나뭇가지로 불을 지피고 철판을 올려 즉석 소라구이나 야키소바를 만들어주시곤 했는데 지금 생각해보니 그게 바로 바비큐였어…….

그런데 그렇게 지바에서의 나날을 보내는 사이, 제 마음속에 무언가 정체 모를 거북함이 느껴지기 시작했습니다. 그때는 그 찝찝함의 원인이 무엇인지 몰랐어요. 하지만 지금은 압니다. 지바에 갈 때마다 원초적인 생명력을 접하면서 일종의 자가중독自家中毒 같은 증상을 일으킨 것이 아니었을까 싶어요.

이웃 현이라고는 해도 지바현의 미나미보소 바닷가 마을은 평상시 제가 살던 도쿄의 주택가와는 환경이 완전히 달랐습니다. 당시 푸세식 화장실도 있었고 생전 처음 보는 거대한 나방이나 꿈틀거리는 벌레가 사방에 있었어요. 여름 햇살 아래 이글거리는 풀숲의 열기와 바닷가 바위틈으로 보이는 알 수 없는 생물 등, 유기체의 냄새가 충만한 곳이었지요.

그 집 식구들과 함께 며칠을 보내는 것 역시 해마다 있는 일인데도 저에게는 미지와 조우하는 듯한 느낌이 들었습니다. 친척 아저씨는 책상물림(책상 앞에 앉아 글공부만 해 세상일을 잘 모르는 사람) 타입인 우리 아버지와는 정반대로 산과 바다를 누비며 작살이면 작살, 낫이면 낫, 못 다루는 게 없는 멋진 야생파였습니다. 아이들도 '호리호리하고 허여멀건한' 우리 오빠와 달리 '까무잡잡하게 그을은' 딱 바닷가 아이들이었습니다. 지바의 친척들은 우리집 식구들에 비해 생명력이 넘쳤던 거지요. 저는 도쿄에서도 생일잔치 등으로 남의 집에 놀러 가거나 하면 그 집을 가득 채우고 있는, 집집마다 다른 '삶의 원초적인 흔적'에 순간 멈칫할 때가 있었습니다. 말이 친척이지 전혀 다른 타입의 사람들 사이에서 한 욕조, 한 화장실을 쓰는 며칠 동안, 저는 그 강렬함에 취한 게 아니었을까요?

하지만 남의 집에 묵는 것보다, 재래식 화장실보다, 꿈틀거리는 벌레보다도 더 저를 취하게 만든 것, 그것은 바다였습니다. 제가 자란 도쿄 서부는 산도 보이지 않지만 바다 역시 먼 곳입니다. 그러니 바다를 접할 기회라면 여름방학에 지바에 갈 때뿐이었지요.

바다는 저에게 위협적인 존재였습니다. 밀려왔다가 철썩철썩 부서지고 다시 물러나는 파도. 파도가 물러날 때면 어린아이는 서 있을 수조차 없을 정도로 당기는 힘이 거셉니다. 빨려들 듯 끌려가는데 이때 입안에 들어오는 소금기 가득한 바닷물은 된장국에 비할 바가 아니지요.

파도에 휩쓸려 허우적대다보면 어디가 해안가 쪽이고 어디가 먼 바다 쪽인지, 어디가 하늘이고 어디가 바다인지도 분간이 가지 않을 때가 있습니다. 그러다가 문득 정신을 차려보면 엄청나게 깊은 바다 위에 떠 있기 일쑤. 이때 버둥거리는 발끝에 닿는 물의 감촉은 또 어찌나 싸늘하던지요.

생명체는 태고의 바닷속에서 처음 나타났다고 하던데, 바닷물은 과연 수영장이나 욕조 물과는 전혀 다른, 생명을

품을 법한 질감을 띠고 있었습니다. 뭍으로 올라와도 살은 찐득거렸으니까요. 샤워실 같은 시설이 있을 리는 없었지요. 끈적이는 몸으로 비치샌들을 질질 끌며 친척 집까지 돌아가는 길, 평소 뽀송뽀송하던 나도 끈적끈적한 일개 생물에 불과하다는 사실에 구토가 날 것만 같았습니다.

가족여행이란 부모가 아이에게 평상시와 다른 세상을 보여주기 위해 가는 것이겠지요. 외국에서 다른 문화를 체험하게 하거나 디즈니랜드라는 인공적인 꿈의 나라를 보여주면 아이들은 눈을 반짝입니다.

제 부모님의 경우는 지바현, 즉 도쿄에 이웃해 있고 도쿄 디즈니랜드가 있는 현(당시는 아직 디즈니랜드 개장 전이었지만요)임에도 불구하고 도시와는 전혀 달랐던 그곳의 유기체적 세계에 아이들을 던져넣는 방식을 택했습니다. 몸도 마음도 '강인함'과는 거리가 멀었던 저희 남매에게 특단의 대책을 취하고 싶었던 부모님의 마음을 알 것도 같습니다. 새끼 원숭이처럼 종일 뛰놀며 지내는 동안, 어려서부터 가루이자와 하와이에서 방학을 보내던 친구들보다는 튼튼해졌으니까요.

그러나 해마다 여름이면 조금씩 키워온 제 씩씩함을 그 후의 인생에서 썩 잘 살린 것 같지는 않습니다. 그때 눈떴

더라면 지금쯤 동네 뒷산에서 된장이라도 담그면서 아이를 넷쯤 낳고 살고 있을지도 모르는데 말이죠. 하지만 태평양의 거친 파도에 휩쓸리면서 싹튼 유기체적인 것에 대한 두려움은 지금도 사라지지 않고 제 안에 남아 있습니다. 저는 지금도 도쿄 서부 지역에 살면서, 벌레가 조금만 보여도 꺅꺅 소리를 질러대는 뽀송뽀송한 나날을 보내고 있으니까요.

지바의 친척 집에 머물던 시절, 아침에 눈을 뜨면 멀리서 파도 소리가 들려왔습니다. 그 소리는 저에게 "너는 하나의 생물에 불과해." 하고 끊임없이 속삭이는 것 같았어요. 조금 과장해 말하자면 저는 그 파도 소리를 들으며 나라는 존재는 바다가 끊임없이 잉태해온 원초적 생물과 이어져 있다는 사실과 마주하게 된 것입니다. 그뿐이 아닙니다. 우리 식구가 묵은 손님방에는 거대한 불단이나 가미다나(신을 모시기 위해 꾸며놓는 작은 제단), 또는 몇 대에 걸친 조상님들 사진처럼 '면면히 이어져온 인류'를 느끼게 하는 시골집 특유의 물건들이 즐비했지요. 아, 부담스럽다, 부담스러워…… 하며 뻗어 있는데, "얼른 일어나, 밥 먹어야지." 하는 소리에 이부자리에서 끌려나와 밥상 앞에 앉으면 눈앞에 놓인 된장이나 쌀겨절임 같은 발효음식들까지

"나 살아 있다!"고 주장하는 것 같았습니다. 아직 초경도 안 했는데 입덧이라도 할 것 같은 기분이었어요.

오빠와 제가 초등학교를 졸업하면서 우리 식구는 여름에 지바의 친척 집을 찾지 않게 되었습니다. 저는 저대로 동아리 활동하랴 놀러 다니랴 바빴고 앞서 이야기한 것처럼 집안이 파탄날 뻔하기도 해서 가족여행 같은 걸 갈 상황이 아니었거든요.

그러나 저는 '살아 있는 것의 민낯'을 마주하기가 여전히 쉽지 않았습니다. 친구들에게 이차성징이 나타나고(저는 발육이 늦은 편이었어요) 가슴에 멍울이 생기거나 초경이 시작되는 걸 보았을 때도, 수영 시간에 옷을 꾸물거리며 갈아입을 때도, 또는 길에서 임신한 여성을 보았을 때도, 제 안에서 커져만 간 것은 지바의 친척 집에서 아침에 눈 뜨자마자 파도 소리가 들려올 때 느꼈던, 목구멍까지 차오르는 '부담감'이었습니다.

그러고 보면 제가 지금 가족 없는 어른이 된 것이 당연한 귀결인지도 모르겠네요. 가족이란 유기물과 유기물이 만나 온갖 액체나 즙 같은 끈적끈적한 것들이 뒤섞여 새로운 생명이 탄생한 결과 생겨나는 집단이니까요. 그런 끈적끈적한 것들이 도무지 맞지 않으니 가정을 꾸리지 않는 것도 어쩔 수 없지요.

그러고 보니 바다에 들어가지 않은 지도 벌써 여러 해
가 됩니다. 살면서 "바다가 보고 싶다."고 중얼거린 적도
아마 없었던 것 같아요.

그런가 하면 산속에 고요히 자리 잡은 호수에는 더할
수 없이 친밀함을 느낍니다. 끈적임 없는 민물이 가만히
담겨 있는 모습에 내 자신이 겹쳐 보이기 때문이겠지요.

이렇다 보니 앞으로 더 나이를 먹어도 자식들이 여행을
보내주는 일은 제 인생에 없을 것입니다. 자녀가 있는 친
구들은 아마 자식손주와 함께 온천 같은 데 갈 것이고, 거
기서 찍은 사진이나 글을 SNS에 올리겠지요. 그리고 저는
호숫가 숙소에서 그 모습을 홀로 스마트폰으로 들여다보
고 있을 것이 틀림없습니다.

9

이름이
곧 실체다!

전철 안에서 하굣길 여고생들에게 둘러싸였습니다. 아이들의 대화 내용은(딱히 들으려고 한 건 아니었지만) 거의 공부에 관한 것이었어요. 회사원들이 신바시(도쿄 미나토구의 한 지역. 퇴근길에 한잔 할 수 있는 술집이 많아 샐러리맨 천국으로 불린다) 술집에서 일에 관한 이야기를 하듯, 여고생들은 공부나 시험 이야기가 한창이었습니다.

요즘 애들 참 착실하기도 하지, 하고 생각하며 듣다가 문득 깨달은 사실. 아이들은 서로를 성family name이 아니라 이름given name으로 부르고 있었습니다(일본인 사이에서 상대방의 이름을 부르는 경우는 매우 제한적이다. 부르는 사람과 불리는 사람이 가족, 연인, 친구 등 매우 가까운 사이여야 하고, 대개 부르는 사람이 불리는 사람보다 나이가 많거나 적어도 또래이다. 세대 간에 인식의 차이가 있고 예외도 있지만 아직까지는 이런 기준이 지켜지는 편이다).

　"아야카랑 유나는 머리 좋아서 좋겠다.", "리나는 먼저 집에 갔어.", "마호는 시부야 간대." 하는 식으로요. 다들 그러지 않냐고 할지도 모르지만, 저는 초등학생 때부터 지금에 이르기까지 쭉 동성 친구들 사이에서 '사카이'라는 성으로 불리며 이름으로 불리지 않는 인생을 살아왔습니다. 주변을 봐도 비교적 성으로 불리는 여자들이 많고, 이름으로 불리는 경우는 '~코'로 끝나지 않는 세련된 이름일 때였던 것 같아요.

　저 어렸을 때는 별명으로 불린 아이들도 적지 않았습니다. 요즘 같으면 정치적 올바름political correctness 차원에서 문제 있어 보일 만한 차별적인 별명도 아무렇지 않게 사용했기 때문에 동창회 때면 모두 그 친구를 뭐라고 불러야 할지 고민하기도 한답니다. 그래서 서로를 성이 아닌 이름으로 요비스테(상대방의 성이나 이름 뒤에 '~상', '~짱' 같은 호칭이나 직함 등을 붙이지 않고 부르는 것. 친근하고 막역한 느낌을 주기 때문에 가족이나 친구 등 아주 가까운 사이에서만 쓴다. 함부로 이렇게 부르면 대단히 무례한 느낌을 줄 수 있다)하는 여고생들을 보면 유럽이나 미국 같다는 생각이 들어요. 저 때는 '준코' 말고도

'~코'로 끝나는 이름이 많았는데, 이런 이름들은 실제 서로를 부를 때보다는 어딘가에 적을 때를 위한 이름이 아니었나 싶습니다. 반면 예쁘고 세련된 요즘 이름들은 모두에게 친밀하게 불리고 여자로서 사랑받기 위한 이름이라는 생각이 드는 거지요.

물론 저도 부모님께는 이름으로 불렸습니다. 다만 우리 집에는 '요비스테' 문화가 없었기 때문에 부모님이나 조부모님은 '준코쨩'이라고 부르셨고 유일하게 오빠만 저를 '준코'라고 요비스테해서 불렀습니다.

가족과 친지 이외의 사람들에게 처음으로 '준코'라고 불린 것은 대학에 들어가 한 친구를 만났을 때였어요. 그 친구는 미국에서 자랐고, 저를 당연하다는 듯 '준코'라고 불렀습니다. 친구한테 요비스테로 불린 적이 없었던 저는 그 스스럼없음에 어딘가 안절부절못했지요. 하지만 한편으로는 한 사람의 여자가 된 것 같아(일본에서는 우리나라와 같이 이름을 들으면 성별이 구별된다) 은근 뿌듯하기도 했습니다. 같은 여자라도 어려서부터 줄곧 이름으로 불려온 사람과 성으로만 불려온 사람은 이처럼 '여성 의식' 같은 것이 크게 다를 것 같은 느낌이 듭니다.

그로부터 한참이 지나 문득 생각해보니 안 그래도 별

로 없었던, '나를 이름으로 불러주던 사람들'이 부쩍 줄어 있었습니다. 우선 저의 생육가족은 이제 이 세상에 없습니다. 어렸을 때 '준코짱' 하고 불러주던 부모님 친구 분이나 지인 분도 돌아가시거나 투병 중이시거나 해서 만나뵐 일이 많지 않고요.

어른이 되어 알게 된 사람이나 업무상 알고 지내는 사람들은 당연히 저를 성으로 부릅니다. 물론 오랜 친구들이야 영원무궁토록 그렇게 부를 테고요…….

어쩔 수 없는 일입니다. 이름으로 부른다는 것은 저를 '어린 사람'으로 본다는 뜻인데, 이제 오십 줄에 들어선 제가 절대 '어린 사람'도 아닐 뿐더러 한때 이름으로 불러주던 이들도 모두 나이를 먹었으니까요.

이제 친척 중에는 사촌들 정도, 부모님 지인 중에는 건강하신 분들 정도가 저를 이름으로 부르시네요. 붙임성 좋은 이웃집 아이가 저를 향해 "준준!" 하고 아는 척을 할 때가 있는데, 그런 아이들을 보면 사랑받고 자란 아이들은 어렸을 때부터 누군가를 귀엽게 부르면서 예쁨 받는 법을 아는구나 싶어 감탄하고는 하지요.

종종 새로 알게 된 사람한테서 '준코상' 하고 불리기라도 하면 그 생경함에 깜짝 놀라기도 합니다. 살면서 보통

성으로만 불리다보면 '준코상'이 누구인지 순간적으로 판단이 안 서는 거지요. 상대방을 무어라 부르고 나는 또 무어라 불릴 것인가. 다양한 호칭이 존재하는 일본에서 이는 관계성을 좌우하는 문제입니다. 특히 가족 간의 호칭이 요즘 들어 크게 변하고 있다는 생각이 듭니다.

가족 간의 호칭은 가족의 형태를 보여줍니다. 제가 어렸을 때, 자식들은 부모를 대개 '오토상', '오카상', 또는 '파파', '마마'라고 불렀습니다. 그런데 요즘 가족을 보면 부모를 부를 때 별명으로 부르는 아이가 있는가 하면, '유미상' 하며 아예 이름으로 부르는 아이들도 드물지 않습니다.

변화는 형제간의 호칭에서 더합니다. 오빠나 언니의 호칭은 '오니짱', '오네짱'이 일반적이던 것이, 이제는 형제끼리도 이름으로 부르는 경우가 많습니다.

즉 제가 어렸을 때만 해도 가족 간에는 '오카상(어머니, 엄마)', '오니짱(오빠, 형)'과 같은 '직함'으로 부르는 경우가 많았고 가족 중 가장 나이 어린 사람만이 이름으로 불릴 권리가 있었습니다.

그러던 것이 이제 가족들끼리도 이름이나 애칭으로 부르게 된 까닭은, 가족 간의 관계가 수평적이 되었기 때문이겠지요. 부모의 위상이 예전보다 하락해 아이와 부모가 거의 동격에 위치하게 되었습니다. 형제간에도 형만 한 아우 없다는 식의 생각은 옛말이 되었고, 그러다 보니 호칭도 변화한 것이 아닐까요?

제가 어렸을 적에는 아이 이름에 '효孝', '충忠', '의義', '절節' 등 유교와 관련 있는 글자를 쓰는 집들이 많았고 집안에서는 식구들 각자의 역할이 분명히 정해져 있었습니다. 아내는 남편을 섬기고 아이는 부모를 공경해야 한다는 생각이 우리에게 이름을 지어준 부모 세대에게도 남아 있었던 거지요.

하지만 우리는 이름대로 자라나지는 않았습니다. 거품경제시기에 청춘을 맞이한 우리 세대는 자신의 이름과 행위 사이에 커다란 괴리를 느끼게 되었습니다. 예를 들어 밤이면 밤마다 롯폰기에 놀러 나가 부모님께 심려를 끼치는 어느 집 딸의 이름이 '다카코孝子(효자)'거나, 이 남자 저 남자 만나고 다니는 또 다른 집 딸은 이름이 '기요미淸美(맑고 아름다움)'거나 하는 식으로, 이름과 실체가 들어맞지 않는 현상이 빈발한 것이지요. 미러볼 아래에서 신나게 몸을 흔들어대던 다카코 씨도 기요미 씨도 '뭔가 아닌데' 싶지 않았을까요?

우리 세대가 결혼해서 아이를 낳았을 때 유교적인 이름

을 짓지 않게 된 것도 그 때문일 겁니다. 다카코 씨도 기요미 씨도 아이에게는 '마리카麻里香', '사유키紗有希'처럼 한자는 쓰지만 깊은 의미는 없는 이름을 짓게 된 거지요. 그리고 가족 관계는 평등해졌고 장유유서 따지지 않고 서로를 친구처럼 이름으로 부르게 되었습니다.

아이 이름 짓기에 개혁적이었던 우리 세대라지만, 옛날 방식을 고수하는 부분도 있습니다. 가령 부부 간의 호칭이 그렇습니다. 가족의 관계가 수평화되고 있지만 부부 사이에는 '파파(아빠)', '마마(엄마)' 하는 '직함'으로 서로를 부르는 경우가 의외로 많거든요.

친구 부부가 상대방을 '파파', '마마'로 부르는 모습을 처음 목격했을 때는 저도 무척 놀랐습니다. 아마 삼십대 중반 무렵이었을 거예요. 한 친구네 집에 놀러 갔는데 친구 부부가 이런 식으로 대화를 하는 것이었습니다. "파파, 휴지 좀 줘봐.", "마마, 이거 맛있네." 어려서 이름보다 성으로 많이 불린 여자들은 결혼을 늦게 하는 경향이 있다는 것이 개인적인 생각인데, 이때 저는 물론 독신이었습니다.

'두 사람, 애 없었을 때는 서로 '마군', '미키짱' 하고 부르지 않았나?' 하며 어리둥절했어요.

일본에서는 집안의 막내가 사용하는 호칭을 다른 식구

들까지 사용하게 되는 경우가 많습니다. 예를 들어서 막내가 '파파' 하고 부르면, 아내도 남편을 '파파'라고 부릅니다. 그리고 남편도 스스로 "파파는 내일부터 출장이니까……." 하는 식으로 말하며 자신을 지칭하는 호칭까지 '파파'가 되는 거지요. 아이가 없는 저에게는 불가사의한 현상이지만, 아내와 남편이 상대방을 '파파', '마마'로 부르는 것은 결과적으로 서로가 수컷과 암컷이라는 사실을 외면하게 만드는 것 같다는 생각이 듭니다.

'파파', '마마'로 부르는 부부는 서로를 '내 아이의 아빠와 엄마'로 인식합니다. 말이라는 게 별것 아닌 것 같지만 사실 별것이기도 합니다. 이런 부부는 서로를 직접 마주보는 것이 아니라 아이를 통해서 이야기하고 있다고 봐야 하지 않을까요?

아이 없는 부부가 반려 동물을 키우는 경우를 종종 보는데, 그 동물에게 아빠, 엄마라는 의미에서 역시 서로를 '파파', '마마'라고 부르기도 합니다. 이런 커플을 보고 있으면 일본인은 서로를 수컷과 암컷으로 보는 것이 왠지 민망해서 아이나 반려 동물 같은 매개체가 있어야만 하는 것인가, 하는 생각이 들곤 합니다.

'파파', '마마'라 부르는 부부를 보노라면 '섹스리스가 될 법도 하겠다' 싶어요. 일본 부부 중 상당수가 섹스리스라지요. 섹스 중에 흥분해서 상대방의 이름을 부르고 싶은데 이때 뇌리를 스치는 단어가 '파파', '마마'라면 흥분했던 마음도 졸지에 쪼그라들지 않을까요? 아니 애초에 '파파'나 '마마'를 상대로 성적인 흥분을 느끼는 것 자체가 어려울 것입니다. '가족 간에 그런 거 하는 거 아니'라며 섹스리스의 이유를 대는 사람이 있는데, 하긴 '파파', '마마'와 어떻게 섹스를 할 수 있겠어요. 이름은 실체를 드러낸다는데 저의 생육가족에서도 그랬습니다. 우선 오빠와 저는 부모님을 '오토상(아버지)', '오카상(어머니)'으로 불렀어요. 다른 가족은 다섯 식구 중 가장 나이가 어린 저를 기준으로 한 호칭으로 불렸습니다. 즉 오빠와 할머니는 부모님으로부터도 '오니짱(오빠)', '오바아짱(할머니)'으로 불린 거지요.

그렇다면 부모님은 서로를 '오토상', '오카상'이라고 불렀냐 하면, 이게 약간 변칙적이었습니다. 어머니는 아버지를 '오토상'이라고 불렀지만 아버지는 어머니를 '요코'라며 이름으로 불렀거든요.

친구네 부모님들은 서로를 대개 '파파', '마마', 또는 '오토상', '오카상'으로 부르는데 우리 아버지만 어머니를 '요코'라고 부르는 것이 저는 조금 이상했습니다. 아마도 아

버지가 어머니를 '여자'로 바라보는 데 대한 생경함과 이질
감이었겠지요.

다른 집들의 경우 아버지와 어머니가 사실 수컷과 암컷
이라는 사실을 아이들에게 숨기기 위해 '파파', '마마', 또
는 '오토상', '오카상'으로 서로를 부른 것인지도 모릅니다.
마치 남자와 여자는 없고 아버지와 어머니라는 역할만 있
는 것처럼요.

그러나 무슨 연유에선지 우리집에서는 아버지가 어머
니를 여자로 대했습니다. 그 부분만큼은 서양식으로 하고
싶으셨던 건지, 아니면 정말로 어머니를 여자로 보신 건지
지금으로서는 알 도리가 없지만요. 이때 어머니 역시 아버
지를 이름으로 불렀다면 양쪽의 균형은 맞았을 것입니다.
부부 간의 사랑을 아이나 다른 무엇보다도 중요하게 생각
하는 집들도 있으니까요.

하지만 어머니는 아버지를 '오토상'이라고 불렀습니다.
아버지는 어머니를 집안에서도 여자로 보았던 데 반해, 어
머니는 아버지를 남자로서가 아니라 '아이의 아버지'로 보
았다는 비대칭성이 있는 것이지요.

어머니가 여러 모로 자유분방한 분이었다는 사실은 앞
에서도 얘기했는데, 지금 생각해보니 그 점이 호칭의 비대

칭성에도 나타났던 것 같네요. 집 밖에서 자유로운 '여자'였던 어머니는 아이의 아버지를 '남자'로 볼 수가 없었고, 그래서 '오토상'이라 불렀던 거죠.

아이 있는 부부가 서로를 '파파', '마마'로 부르는 경향은 앞으로도 계속될까요? 어려서부터 세련된 이름으로 불린 사람들이 아이를 갖게 되면 달라지지 않을까 하는 생각도 듭니다.

요즘 젊은이들을 보면 말투도 남녀 사이에 거의 차이가 없고 서로를 성이 아닌 이름으로, 그것도 요비스테로 부르는 데에 전혀 거리낌이 없는 모양입니다. 만화 「사자에상」에서 나미헤이(사자에의 아버지 캐릭터. 연령은 54살이지만 만화 자체가 1940년대에 처음 연재된 점을 감안하면 당시로서는 고령층에 해당했을 것으로 짐작된다)는 후네(사자에의 어머니이자 나미헤이의 아내)에게 말을 놓았지만 후네는 나미헤이에게 존댓말을 썼습니다. 반면 젊은 세대인 사자에와 마스오(사자에의 남편)는 서로 반말로 이야기합니다. 세대 간 변화를 느낄 수 있는 부분이지요.

그런데 마스오는 사자에를 '사자에'라며 요비스테해서 불렀는 데 반해('마마'라고는 하지 않음), 사자에는 마스오에게 '~상'이라는 경칭을 붙여 '마스오상'이라 불렀습니다. 나미헤이와 후네 부부에서 마스오와 사자에 부부로 넘어오며 남녀의 위상 차이는 줄어들었지만 완전히 수평화되지는 않은 거지요.

그럼 제 세대의 경우 같은 반 남학생을 모두 평등하게 요비스테로 불렀느냐 하면 그러지는 않았던 것 같습니다. 제 경우는 친하거나 좀 막 대할 수 있는 남자애에게는 요비스테했지만 그렇지 않은 친구에게는 '○○군'이라고 했거든요.

하지만 요즘 아이들 사이에서는 이런 남녀 사이의 벽도 다 허물어졌나봅니다. 여자친구가 남자친구에게 "유키(남자 이름 중 하나), 나 배고파." 하고 말해도 사랑이 식지 않는 모양이에요. 그리고 그런 수평적인 관계의 두 사람이 결혼해서 아이가 생긴다면 아이를 통해 서로를 부를 일은 없겠지요. 아내도 계속 "유키, 나 배고파." 하며 수평적인 대화를 할 수 있지 않을까요?

섹스리스가 나쁜 건지 아닌지는 모르겠지만, 분명한 것은 아이는 부부가 섹스를 해야 태어난다는 점입니다. 저출산 해소를 위해서라도 '파파 마마 문제'는 해결돼야 하지 않을까 싶네요.

10

장남의 무게, 그리고 오빠와 여동생에 대한 환상

어렸을 적 멋진 오빠가 있었으면 좋겠다고 생각했습니다. 저에게도 오빠는 있었지만 멋진 오빠였나 생각하면 다소 의문이 듭니다. 멋지기만 한 게 아니라 여동생을 아끼며 든든히 지켜주는 믿음직한 오빠가 있었으면 하고 상상의 나래를 펼쳤더랬지요.

아마 오빠도 마찬가지였을 것입니다. 여동생이 좀 사랑스럽고 귀염성 있기를 바라지 않았겠어요?

애니메이션 세계에는 '여동생 모에('움트다, 싹트다'라는 뜻의 동사 '모에루'의 명사형. 사랑스럽고 귀여운 느낌이나 특정 대상을 향한 강한 애정, 애틋한 마음을 의미하는 단어로 쓰인다. 실제 인물뿐 아니라 애니메이션, 비디오게임 등장 캐릭터가 대상이 되는 경우가 많아 젊은층이 주로 사용한다)'라는 장르가 있다고 합니다. 때 묻지 않은 사랑스러움을 한껏 발산하며 나를 전적으로 믿고 따라주는 여동생을 향해 친오빠가 품는 아련한, 또는 금지된 사랑, 뭐 그런 거지요.

하지만 저는 절대로 여동생 모에의 대상이 될 수 없는 여동생이었습니다. 장남이라 그런 건지 성격 때문인지 하여튼 '요령'이라는 걸 모르고 태어나 걸핏하면 부모님께 깨지고 사는 오빠의 뒷모습을, 저는 불똥 하나 튀지 않는 곳에서 '뭐 하는 건지' 하며 시니컬하게 바라보고 있었어요. 막내 중에 이런 타입이 많지요.

보통 아들 사랑은 어머니인 모양입니다. 확실히 아들 가진 엄마 중에 그런 경향이 있는 분들이 많지요. 그러나 우리집은 별로 그러지는 않았고 아무리 생각해도 오빠보다는 제가 편하게 살았던 것 같아요. 타고난 요령으로 편한 길만 걷는 여동생을 보며 오빠에게 '모에'의 마음이 생길 수 있었을까요? 오빠로서는 어쩌다 좀 실수도 하는 여동생이 더 귀여운 법이겠지요.

여동생 모에의 반대 버전으로 '오빠 모에'라는 장르도 있는 모양입니다. 제가 꿈꾼 것이 바로 그 '오빠 모에'였어요. 학교에 지각할 것 같은 아침 시간에 "아이고, 할 수 없네. 뒤에 타." 하며 자전거 뒤에 태워주는 오빠를 원했던 것입니다.

그러나 안타깝게도 제 사전에 지각이란 없었습니다. 오히려 오빠가 느릿느릿 일어나는 편이었고 결국 여동생인 저는 '쯧쯧' 하며 싸늘한 시선으로 오빠를 바라보았지요. 저는 '여동생을 앞에서 이끌어주는' 오빠를 바랐습니다. 그러나 현실 속 오빠는 도무지 요령부득. 날 이끌어주기를 기다렸다가는 볼 장 다 보겠다는 생각에 저는 직접 꾸역꾸역 페달을 밟았고, 그러는 사이 주변에서는 "남동생 잘 있니?" 하는 식으로 오빠를 남동생으로 착각하곤 했습니다. 심지어 작은 아버지가 "네 남동생은 요즘 어떻게 지내냐?" 하고 물어보신 적도 있었지요. 그럴 때마다 저는 "아니에요. 오빠예요. 저보다 세 살 많아요!" 하며 힘주어 말했지요. 점을 보러 갈 때면 "당신은 장남의 별을 갖고 태어났네요." 하는 소리는 또 몇 번이나 들었던지요.

줄곧 멋진 오빠를 믿고 따르고 싶다는 생각을 품어온 저였지만, 어른이 되어서야 '멋진 오빠' 같은 것도 다 환상이라는 사실을 조금씩 깨닫게 되었습니다. 지인이나 친구의 오빠들을 봐도 오빠라고 해서 꼭 듬직하거나 멋있거나 하지는 않았거든요. 장손으로 태어나는 바람에 부모의 사랑, 또는 간섭이나 압박에 짓눌려 살아가는 사람도 적잖이 보았습니다.

생각해보면 오빠들도 힘들었겠구나 싶어요. 제 세대에는 형제가 단둘인 경우가 많아 오빠라고 하면 대개 장남이었지요. 더 옛날이었으면 '장남은 대를 잇는 중요한 존재'로서 다른 형제와는 다른 대접을 받았을 것입니다. 특별대우를 받으면서 장남들은 '내가 똑바로 처신해야 한다.', '내가 이 집안의 대를 이어야 한다.'는 사실을 뚜렷이 자각했을 거고요.

소설 같은 데서 보면 옛날 장남들은 동생들을 살뜰히 챙기다가 아버지 사후에는 경제적인 뒷바라지를 하기도 하는 존재로 그려져 있습니다. 특히 형제가 많았던 시절의 장남은 작은 '아버지'와도 같은 존재여서 어머니도 그런 장남에게 기댈 수 있었습니다.

장남이 대를 이으면 차남 이하 자식들은 분가하거나 도시에 돈을 벌러 나가거나 하며 여러 모로 고생이 많았습니다. 미즈카미 쓰토무(일본의 사회파 미스터리 소설가)의 소설에는 차남 이하 형제들이 도시에서 실패하고 고향에 돌아와도 척박한 논밭밖에 남겨진 게 없어 삶이 도탄에 빠지는 모습이 그려져 있습니다. 장남의 책임이 매우 무거웠고, 동시에 차남 이하 자식들의 삶도 고되었던 그 시절. 누이들 역시 남의 집에 시집가서 고생을 해야 했고, 그런 누이나 남동생들의 희생 속에 장남은 책임을 짊어지고 살았습니다.

그러나 제가 어렸을 때 이미 장남만 특별대우를 받는 풍조는 사라져가고 있었습니다. 물론 대대로 이어져 내려온 술도가나 유서 깊은 귀족 가문, 또는 텐노가처럼 오랜 역사를 지닌 가문에서야 장남은 여전히 중요한 존재였겠지요. 텐노가를 봐도 헤이세이 시대가 지나 텐노가 된 장남 히로노미야와 차남인 아야노미야는 어렸을 때부터 풍기는 분위기가 완전히 달랐습니다. 아야노미야는 차남답다고 해야 할지, 비교적 자유로운 인상을 풍기는 분이었던 데 반해 히로노미야는 시종 반듯한 모습이었지요. 줄곧 언젠가는 텐노가 될 거라는 자각이 있었던 게 아닐까요?

장남에게 지워지는 책임감이 반발심으로 바뀌는 경우도 있습니다. 지인 중 유서 깊은 집안의 장남 몇몇은 젊었을 적에는 장남이 대를 이어야 한다는 기존 사고방식에 질려 댄서가 되겠다, DJ가 되겠다 하며 철없는 행동으로 부모님 속을 썩였지요. 그러다가 어느 정도 나이를 먹고 아버지가 돌아가시자 역시 자신이 대를 이어야 한다며 가업을 물려받는 것이었습니다.

한편 차남 이하는 어려서부터 "집은 형이 이어받으니 너는 의사가 되라."는 식의 이야기를 듣고 자라 공부에 열중합니다. 그렇게 의대에 붙기도 하고 떨어지기도 하면서 자신의 길을 모색하더군요.

꼭 대단한 유지 집안이 아니어도 지금도 지방에 가면 "그래도 내가 장남이니까." 하는 말을 종종 듣곤 합니다. 땅에 뿌리박고 살려면 집이나 땅, 가족을 지키는 책임자를 분명히 해두는 편이 나을 수도 있겠지요.

하지만 도쿄의 회사원 집안이었던 우리집은 전혀 그런 분위기가 아니었습니다. 아무도 대를 이어야 한다며 애쓰지 않았고 장남 지상주의를 느낀 적도 없었어요. 이 장남 지상주의 시스템이 부조리하기는 하지만 어떤 의미에서는 합리적인지도 모르겠습니다. 설령 장남이 자질은 좀 떨어져도 절대적인 특별대우를 받으면, 다른 형제들은 '원래 그런 거니 어쩌랴' 하고 생각할 수도 있거든요.

반면 가부장제가 약해지는 가운데 수평적 형제 관계가 성립되면 상황이 힘들어집니다. 장남이든 차남이든, 또는 아들이든 딸이든 부모로부터 실력으로 평가받게 되기 때문입니다. 특히 저희 때는 이미 시험 성적이라는 기준이 자리 잡은 상태라 형제가 점수로 비교되는 가혹한 상황이 펼쳐지기도 했지요.

　장남에게 힘든 시대가 도래한 것입니다. 장남이 제일 낫다는 기억의 잔재는 남아 있어서 부모들은 "네가 형이니까 똑바로 해야지." 하고 말하지만 그렇다고 장남에게 특혜가 있는 것도 아니고 모든 형제는 똑같이 평가받습니다. 동생들 실력이 출중하기라도 하면 장남으로서는 면이 서질 않지요.

　'장남 지상주의'에서 '형제간 실력주의'로 시대가 바뀐 것입니다. 이러한 가족상의 변화는 기업의 변화와도 닮은 구석이 있습니다. 쇼와 시대, 일본 기업은 연공서열 시스템 위에서 안정적으로 돌아갔습니다. 기본적으로 나이 많은 사람이 우선시되었던 거지요. 그러던 것이 거품경제가 무너질 무렵부터 이른바 실력주의가 대두하기 시작합니다. 실적만 좋으면 젊은 사람도 출세하거나 활약할 수 있게 된 것입니다.

　이처럼 나이 많은 사람을 우대하는 유교적 사고방식은 쇼와 시대까지는 집단을 운영할 때 효과적으로 기능했습니다. 하지만 거품이 빠지고 그런 낡은 시스템으로는 세계를 따라갈 수 없다는 사실을 알게 되면서 기업의 연공서열 제도는 바뀌어갑니다.

기업과 가정은 지속과 발전을 목적으로 하는 집단이라는 점에서 닮아 있습니다. 기업의 경우 사장이, 가정이라면 아버지가 각각 그 집단을 이끄는 강한 권력을 부여받아 집단의 지속과 발전을 위한 키잡이 역할을 맡았지요.

　　이에 점차 떠오른 문제가, 권력자를 위해 집단이 있는 것이냐, 집단을 위해 권력자가 있는 것이냐 하는 것이었습니다. 사장이나 아버지라는 권력자를 위해 다른 구성원들이 아랫사람이 되어 모시는 경우가 많았으니 쇼와 시대까지는 '권력자를 위해 집단이 존재'하는 분위기가 강했던 것 같습니다.

　　가정 또한 아버지나 '차기' 아버지인 장남을 위해 존재했습니다. 어머니들은 아이들에게 "아버지가 계신 덕에 우리가 밥 먹고 사는 거다."라고 했고, 아버지들도 기분이 언짢아지면 "누구 덕에 밥술이나 뜨는 줄 아느냐."며 불호령이었습니다. 아버지나 사장님이 아랫사람들 위에 군림하는 식이었지요.

　　그러나 오랜 세월, 이런 세상을 그러려니 하며 받아들이고 살던 일본인들도, 점차 집단의 발전보다 개인의 행복이 중요하다는 생각에 눈뜨게 되었습니다. 회사에서 노예처럼 일해도 실적만 좋으면 행복했던 일본인이, 이제 그런 것보다는 일을 통해 얼마나 보람을 느끼는지, 휴가를 내기 쉬운지, 스트레스는 적은지와 같은 삶의 질을 중요하게 여기게 된 거지요.

가정에서도 이제 우리는 윗사람 말이라고 무조건 따르지 않습니다. 제가 중학생이었을 때, 일본의 학교들은 정말이지 '막 나갔'습니다. 요샛말로 '양키(불량배, 건달, 날라리, 양아치 등)', 당시 말로는 '쏫파리'라 했던 날라리들이 무척 많았는데, 이 아이들은 교복을 개조해서 입고 시너를 마시며 집이나 학교에서 폭력을 휘두르기도 했습니다. 「3학년 B반 긴파치 선생님 3年B組金八先生(장기 방영한 텔레비전 학원물 드라마)」은 그 시절 중학생의 심리를 묘사한 드라마였습니다.

그 시절 중학생들은 왜 막 나갔던 것일까? 아마도 집이나 학교의 '윗사람'으로부터 가해지는 압력에 반발했던 것이 아니었나 싶습니다. 성적 위주 시대이기도 했기 때문에 부모로부터는 공부하라는 소리를 지겹게 들어야 했고 학교에서는 엄격한 관리 대상이 되었습니다.

더 옛날이었다면 마지못해서라도 윗사람 말을 따랐을 것입니다. 하지만 제가 중학생이었을 때는 '왜 네, 네 하며 따라야 하는 건데?' 하며 불만이 폭발했습니다. 아버지들도 이미 이를 억제할 수 있는 권력을 상실한 상태였고요.

그렇게 막 나갔던 제 또래 중학생들이 지금 어떤 가정을 꾸리고 있나 하면, '사이좋은 가정'을 일군 경우가 많습니다. 아버지가 권위를 앞세우지도 않고, 장남만 대접받지도 않으며, 가족 모두가 평등한 관계로 이어진 가정이지요. 우리 세대는 집안에서 윗사람이 내세우는 권위주의에 질린 나머지, 높고 낮음의 구분이 없는 수평적인 가정을 만들고 싶었던 것 같습니다.

쇼와 시대에는 아내가 남편보다 발언권이 센 집은 '마누라 천하' 소리를 들었습니다. 그런데 문득 생각해보니 요즘은 "그 집은 마누라 천하잖아." 하는 식의 말을 들을 일이 없네요. 요즘은 남편이 권력을 쥐는 집보다 아내가 주도하는 집이 훨씬 평화롭다는 것을 모두 알게 되면서 이 말 자체가 사어가 된 거지요.

이렇게 해서 장남의 중책까지 경감 및 분산 또는 소멸한 지금, 장남이라는 존재가 급부상하는 것은 기껏해야 장례식 때 정도입니다. 가령 상주의 경우, 위로 누나가 있어도 남동생이 맡는 것이 일반적입니다. 그리고 집안의 묘지도 장남이 이어받는 경우가 많습니다.

어머니 장례식 때 오빠가 상주를 맡아준 덕에 저는 무척 편하게 있을 수 있었습니다. 올케가 또 어찌나 경우 바른 사람인지 '맏며느리의 도리'라며 궂은일을 도맡아 처리해준 덕에 저는 애도하는 일에 몰두할 수 있었던 것 같아요. 장례식에서 슬픔의 절정은 영결식이 끝날 무렵, 참석자들이 관 속에 꽃을 넣으며 마지막 인사를 할 때일 것입니다. 저도 오열하며 꽃을 넣었는데 그때 문득 깨달았습니다. 오빠가 긴장하고 있다는 사실을요.

그렇습니다. 관 뚜껑을 덮고 나면 '상주 인사'라는 차례가 있는데 이걸 앞두고 오빠가 팽팽하게 긴장해 있었던 거지요. 에고 왠지 미안하네, 하지만 오빠가 장남이니까, 하며 저는 이때다 하고 오빠에게 장남의 책임을 지웠습니다.

딱히 어머니와 사이가 좋지도 않았고 대단히 사랑받았던 것도 아닌데도 오빠는 어머니가 돌아가신 슬픔을 퍽 오래 가슴에 담고 지낸 것으로 기억합니다. 아무래도 당시 너무 긴장한 나머지 충분히 애도하지 못한 것과도 상관이 있겠지요. 그런 오빠도 이제 가고 없어 저는 정말로 장남 같은 역할을 맡게 되었습니다. 장남의 별을 갖고 태어났다더니, 점쟁이 말이 맞았네요.

여동생이 이 모양이라 왠지 미안하네 하며 사진 속 오빠를 향해 가끔 말을 걸어봅니다. '여동생 모에'를 느끼게 해주고 싶었는데 하면서요. 하지만 여동생 모에물이 인기를 끄는 것은 저뿐 아니라 세상의 모든 여동생이 오빠가 꿈꾸는 이상과는 동떨어진 존재이기 때문일 것입니다. 그런 애틋함을 느낄 수 있는 여동생은 그 어디에도 존재하지 않기 때문에 애니메이션 속에서나 그 이상이 구현되는 거지요.

저 역시 마찬가지로 '오빠 모에'라는 꿈을 이루지 못했는데, 지금 같아서는 누나 말이라면 꼼짝도 못 하는 순진한 남동생이 있었으면 싶기도 하네요. 물론 그 바람이 이루어질 리는 없으니 그저 남동생물 만화나 보면서 욕구를 달래볼까 합니다.

11

명절에 식구들이 모이면
벌써 피곤해

우리집은 묘지를 절에 모시고 있고 장례식도 불교식으로 지내지만 딱히 불교를 믿지는 않습니다. 일본에서 흔히 볼 수 있는 타입이지요. 가족이 세상을 뜨면 부처님과 스님 앞에 열심히 합장을 하지만 그때 말고는 대부분 불교에 대해서는 잊고 지냅니다. 그러나 우리집에는 불단이 있습니다. 그냥 내버려두자니 마음이 불편해 아침마다 물이나 차를 올리고 꽃도 그때그때 새로 꽂아두고 있지요.

신심 깊은 사람은 아침저녁으로 불단에 진지를 올리거나 불경을 읽거나 하는 모양이에요. 할아버지를 먼저 보낸 할머니들은 망자의 식사를 준비해 올렸다가 치운 뒤 그 밥으로 음복을 하기도 한다고 합니다.

그런 분들에 비하면 제 불단 관리는 정말이지 엉성한 수준입니다. 일단 우리집은 불단 자체가 아주 단출해요. 호쿠리쿠 지방 같은 데 가면 불단을 어찌나 중요하게 여기는지 불단 쪽 벽이 무슨 무대 장치 수준입니다. 집을 지으면 보통 그 십 분의 일 정도 되는 돈을 불단 장만하는 데 쓴다고 하니 그 존재감이 거의 벤츠급이라 할까요.

반면 우리집은 조상 대대로 불단에 그다지 정성을 들이지 않았던 것 같습니다. 불단 자체도 작고 소박한 데다, 돌아가신 할머니도 불단은 적당히 챙겨도 된다는 주의였거든요.

저도 그 방식을 답습하고 있어 불단 관련해서는 꼭 필요한 것만 합니다. 물이나 차 말고도 음식을 올리기는 하는데 오래 놔둘 수 있는 것, 그러니까 여름밀감이나 단단한 양갱, 과자 같은 것들이지요. 그것도 불단이 있는 방에 손님 모실 때만 보기 좋으라고 올리고 있음을 이 자리를 빌려 고백합니다.

불단을 정성껏 챙기는지 여부는 가족을 향한 마음에 비례합니다. 불단은 절의 출장소가 아닙니다. 작은 불상 같은 게 놓여 있기는 하지만 조상 숭배 마음이 강한 일본인들이 불단을 향할 때는 부처님이 아니라 조상님들께 기도를 올리고 있는 거지요. 그러니까 불단은 저승에 계신 조상님들을 위한 이승 출장소인 것입니다. 저도 불단 앞에 서면 속으로 '음, 아버지, 어머니, 오빠, 할아버지, 할머니 그리고 더 윗대 조상님들…….' 이렇게 중얼거리지 딱히 부처님을 떠올리지는 않거든요.

돌아가신 분들이 머무르는 곳이니 가족을 사랑하는 사람들은 당연히 불단도 소중히 모십니다. 아침저녁으로 합장하는 것 말고도 어디서 먹을 것이라도 들어오면 먼저 불단에부터 올리는 식입니다.

하지만 저는 선물이 들어오면 "어머, 맛있겠네." 하며 바로 제 입으로 가져간 뒤 다 먹고 나서야 '앗, 불단!' 하고 떠올리곤 합니다. 조상님을 지극히 생각하는 사람은 지진이나 화재로 집에서 도망쳐야 할 때도 '위패부터 챙겨야지!' 하는 생각이 든다고 합니다. 하지만 저는 그런 일이 벌어져도 위패 생각 같은 건 아마 안 날 것 같네요. 물, 식량, 스마트폰 등등 내 생존에 필요한 것만 떠오르고 위패에 대해서는 '그거야 뭐, 그냥 물건이니까' 하고 말 것이 분명해요.

이런 스스로의 야박함을 알기에 불단을 볼 때면 조상님 뵐 면목이 없습니다. 그런데 일 년에 한 번 불단의 존재감이 커질 때가 있으니 바로 오봉 때이지요.

일본인들은 오봉이 되면 조상님들이 집으로 돌아오신다고 믿습니다. 우리집에도 스님이 염불을 하러 찾아오세요. 도쿄는 칠월이 오봉이라(보통 8월 중순이지만 도쿄 일부 지역 및 호쿠리쿠 지역 등에서는 오봉을 7월에 쇠기도 한다) 오봉이 지나면 대개 한여름이 시작됩니다.

불단이 있는 방에서 스님의 염불을 직접 듣고 있노라면 신앙심 없는 저 같은 사람도 감사한 마음이 듭니다. 바로 앞에서 불경을 읽어드리니 조상님들도 분명 좋아하시겠지 하는 생각도 들고요.

하지만 저출산의 파도를 흠뻑 뒤집어쓴 우리집은 안타깝게도 청중이라고 해야 썰렁하게도 올케와 저, 이렇게 둘뿐. 가족이 종료되는 마당이니 이승에서 염불을 듣는 사람보다 불단 안에 계신 분들, 그러니까 조상님들이 훨씬 많은 상황이지요.

오봉이라고 하면 원래 여기저기 흩어져 살던 가족들이 한자리에 모이는 시기입니다. 평상시에는 일이다 뭐다 바쁘게 지내다가도 오봉이 되면 고향에 돌아와 '역시 가족이 최고지' 하는 생각에 젖습니다. 그런데 얼마 후면 또 피곤이 몰려와 '빨리 집에 가고 싶다'는 생각이 드는 것이 오봉이라는 명절이지요.

제가 한창 '마케이누(나이 먹을 만큼 먹고 독신인 여성, 저자가 대표작 『네, 아직 혼자입니다』에서 제시해 크게 히트친 표현. 직역하면 '싸움에 진 개'라는 뜻으로, '패배자', '루저' 정도로 번역된다. 책 속에서 저자는 아무리 미인에 능력이 있어도 30살 이상, 미혼, 무자녀라는 3가지 조건을 갖춘 여성은 '마케이누'에 해당한다고 자조적으로 말한다. 다만 이는 다분히 의도적인 표현으로, 실제로는 마케이누를 응원하는 내용으로 구성되어 있다)'였을 무렵, 오봉은 연말연시나 4월 말 5월 초 황금연휴 못지않게 독신에게는 괴로운 시기였습니다. 가족이 모이고, 가족이라는 것에 대해 생각하지 않을 수 없는 시기니까요. 일손을 잠시 쉬어야 하고, 주변 친구들도 각자 고향에 돌아가 식구들끼리 어딘가 놀러 가기도 합니다. 불륜에 빠진 경우라도 이때만큼은 서로 자기 가족과 함께 시간을 보내야 하지요. 이러다 보니 오봉이 되면 독신 여성들이 갑자기 우울해지는 것입니다.

고향집에 가도 되지만 딱히 재미난 일도 없고 거기 내 자리가 있는 것도 아닙니다. 지방이라면 "아이고, ○○는 아직 혼자니?" 하며 이웃들이 악의 없이 건네는 말 한마디가 속을 뒤집어놓기 일쑤. 그렇다고 해외여행을 가자니 성수기라 가격이 비싸고……. 이렇듯 오봉은 그때나 지금이나 변함없이 독신들에게는 수난의 계절이라 하겠습니다.

그런 민감한 시기를 다 거쳐온 제가, 지금은 오봉 쇠는 재미에 흠뻑 빠져 있네요. 이제 온 가족이 모일 일이 없으니 스님 한 분에 청중 단둘이라는 널찍한 환경 속에 스님의 염불을 편하게 감상할 수 있답니다. 팔월 오봉 시즌이 되면 저도 한가하기 때문에 밤에 교토의 사찰에서 하는 정령맞이(문 앞에 불을 피워서 영혼을 맞는 불교행사)나 로쿠도마이리(오봉 행사의 하나. 8월 7일~10일에 교토 히가시야마의 로쿠도친노지라는 사찰에 참배하는 것. 종을 쳐서 정령을 맞이하며, 각 집안의 선조의 위패를 안치하는 선반에 굴참나무의 나뭇가지 등으로 꾸민다) 같은 행사를 구경하러 가는데 그 광경을 보고 있노라면 저승의 심연을 바라보는 것 같은 느낌이 듭니다.

이런 느낌이 드는 것도 제가 저세상에 슬금슬금 가까워지고 있기 때문이겠지요. 현세의 즐거움도 좋지만 나이를 먹어 저세상을 의식할 일이 많아지면서, 그곳 분들이 다 같이 이곳으로 돌아온다는 발상이 재미있게 여겨지기 시작했습니다. 옛날 할머니들도 아마 젊어서부터 신심이 두텁지는 않았을 거예요. 나이를 먹어 몸과 마음이 모두 저세상에 조금씩 가까워지면서 불단이나 불교행사를 가까이하게 된 것이 아닐까요?

그러나 이렇게 오봉을 재미있게 보내는 저와는 달리, 저세상의 조상님들은 지금쯤 근심이 이만저만이 아니겠지요. 앞에서도 스님 염불하실 때 청중이 딱 둘뿐이라고 했다시피, 우리집 가계도가 시간이 지날수록 극명하게 단출해지고 있으니까요.

가계도가 듬성듬성해지는 문제가 다가 아닙니다. 이런저런 사정으로 현재 우리집 불단은 제가 물려받아 모시고 있는데 저는 아이가 없지요. 또 돌아간 오빠에게는 슬하에 딸 하나가 있는데 이 아이가 시집이라도 가면 불단을 물려주기 어렵습니다. 저희 집안 조상님들은 오봉 때 집에 돌아와 염불을 들으면서도 "앞으로는 어찌되는 거야.", "얘들마저 없으면 이제 우리가 돌아올 곳은 사라진다는 거냐?" 하고 불안한 목소리로 이야기하고 계실지도 모르겠습니다. "네, 말씀하신 대로예요. 정말 죄송하네요." 하며, 집안을 이어나가는 데 전혀 관심이 없었던 저조차도 오봉이 되면 조금 얌전한 마음가짐이 됩니다.

오봉이란 본디 이승 사람들에게 그런 것을 가르치기 위한 행사인지도 모릅니다. 오봉 때 조상님들이 정말 이 세상으로 돌아오시는지 아닌지야 모르는 일이고요. 정말 돌아오신다면 오봉을 도쿄에서는 칠월, 다른 지역에서는 팔월에 쇠는 것도 이상하지 않나요? 자손이 도쿄에 사는 조상들은 조금 일찍 하계로 내려오시기라도 하는 걸까요? 또 이 나라 조상님들만 칠팔월에 황급히 현세로 돌아가는 것을 저승에서는 어떻게 받아들이고 있을지? 국제 결혼한 가정은 또 어떻게 되는 것이며…….

하지만 아무려면 어떻습니까. 일단 조상님들이 돌아오신다 치고, 이승의 가족들은 한자리에 모여 정을 나누고 새삼 가족의 고마움을 느끼기도 하며 독신들을 불편하게 만들어 결혼을 재촉하기도 합니다. 그 결과, 도시에 나가 살던 장남은 귀향을 결심할지도 모르고, 줄곧 독신으로 구박받던 장녀는 마음 고쳐먹고 결혼 상대를 찾아내 다음 오봉 때는 집에 데려올지도 모릅니다. 오봉이란 원래 가족을 압박하기 위한 행사고, 조상님이 돌아오신다는 건 그 구실이 아닐지요.

그러나 지금은 오봉이든 불단이든 모든 것이 점점 캐주얼하고 간소하게 바뀌고 있습니다. 호쿠리쿠 지역에서야 벤츠급 불단이 잘 나갈지도 모르지만 도시의 가정에는 그런 불단을 둘 자리도 없을뿐더러, 옻칠에 금박까지 입힌 화려한 불단은 요즘 집에 별로 어울리지도 않습니다.

요즘 지인이나 친구들로부터 부모님이 돌아가셔서 불

단을 장만하게 되었다는 이야기를 종종 듣게 되는데, "아마존에서 샀어, 오만 엔 주고." 이런 식입니다. 그것도 디자인이 심플해서 선반 위에 둘 수 있는, 눈에 띄지 않는 타입이 인기랍니다.

'원래대로라면 딸이 불단 관리를 하는 것도 안 되는 일이겠지?' 아침에 불단에 향 피울 때마다 드는 생각입니다. 딸자식이 나이가 오십이 되어서도 시집 안 가고 불단이 있는 본가에서 계속 살고 있을 줄, 조상님들도 예상 못하셨을 거예요. 불단이란 장남과 맏며느리가 이어받아야 하는 것이었을 테니까요.

전에 오키나와 지역의 위패에 대해 조사한 적이 있는데, 오키나와의 위패는 '여성은 계승할 수 없는 것'으로 못 박혀 있었습니다. 본토의 위패가 한 사람당 하나, 또는 부부 한 쌍이 하나 하는 식으로 단독주택 개념이었다면, 오키나와의 위패는 큰 케이스 안에 이름표 같은 것이 꽂혀 있는 집합주택 개념입니다. 위패를 이어받는다는 것은 그 집의 재산을 이어받는다는 것으로, 여자가 그 역할을 맡을 수는 없습니다. 아들이 없으면 사촌이나 그 밖의 친척 등, 핏줄이 이어진 남자에게 이어받게 하는 경우도 있다고 합니다.

당시에는 오키나와가 본토보다 유교사상이 강하게 남아 있어 이런 관습이 생겨난 거라고 생각했지만, 사실 본토에도 그러한 사고방식은 존재합니다. 오키나와에서는 독신으로 죽은 여성이나 이혼해서 독신이 된 여성은 가족묘나 위패에 들어갈 수 없습니다. 이들을 가족묘나 위패에 들이면 안 좋은 일이 일어나기 때문이라고 하네요.

이런 관습도 다 대를 잇기 위해 생겨난 것이겠지요. 각자 마음대로 살게 내버려뒀다가는 대가 얼마나 쉽게 끊기는지 옛날 사람들은 알고 있었습니다. 그렇기 때문에 거의 협박 수준의 시스템을 만들어 후손들로 하여금 집안의 존속을 위해 노력하게 한 것이 아닐지요.

그러고 보면 시집도 안 가고 오십 줄에 들어선 딸자식이 본가에 눌러앉아 불단도 대충대충 관리하며 사는 지금의 우리집 상황은 불길하기 그지없다 하겠습니다. 그래도 저는 어쩔 수 없는 일이라고 생각해요. 무덤이나 불단으로 압박을 가한다 한들 결혼 안 하는 사람은 안 하고 애 안 낳는 사람은 안 낳습니다. 남자만 집이나 불단을 이어받을 수 있다면 앞으로 그런 것들은 점점 사라지는 수밖에요.

실제로 물려줄 사람이 없거나 남겨줘봤자 짐만 된다며 자기 대에서 묘를 정리하려는 사람도 많습니다. 장례식도 큰 비용이 드는 거창한 식을 지양하고 캐주얼하게 지내고 자 하는 사람이 많습니다. 장례식이나 묘처럼 '죽음'과 관련된 산업은 큰 변혁기를 맞이하고 있는 거지요.

이는 가족은 소중하지만 가문은 부담스럽게 느끼는 사람이 많아졌다는 반증이 아닐까 싶습니다. 요즘 사람들은 묘나 장례식을 가문의 상징으로서가 아니라 개인을 나타내는 것으로서 받아들이고 있는 것 같아요.

무조건 대를 이어야 하는 유서 깊은 가문, 가령 텐노가 같은 집안을 보고 있노라면 그 숨막힘이 여기까지 전해져 옵니다. 가문을 잇기 위해 누군가가 엄청난 희생과 인내를 강요당하는 모습이 너무나 생생히 그려져요. 남자 쪽 집안의 남자만 대를 이을 수 있게 되어 있는 텐노가도 지금 존속 위기에 직면해 있습니다. 여자만 태어나던 아키시노노미야 가문에 겨우 태어난 남자아이가 히사히토님이지요.

대를 반드시 이어야 하는 텐노가의 상황도 줄타기처럼 아슬아슬한 것을 보면 집안을 이어가는 것이 얼마나 힘든 일인지 알 수 있습니다. 텐노가의 경우 특수한 가문이다 보니 배우자 찾기도 보통 일이 아닐 테고요.

설령 여성 텐노나 여성 미야케(텐노가 여성이 결혼 후에도 텐노가 신분을 유지하며 독립적으로 집안의 호주가 되는 것, 또는 그 집안.

현재 황실전범에 따르면 텐노가 여성이 텐노가 아닌 남성과 결혼하면 그 신분을 잃게 되어 있으나, 텐노가 인원이 줄어들면서 여성 궁가를 용인해야 한다는 목소리가 높아지고 있다)가 용인된다 해도 가문을 존속시키기는 쉽지 않아 보입니다. 지금 미카사노미야(쇼와텐노의 막내 남동생) 가문의 두 딸은 삼십대 독신입니다. 다카마도노미야 가문(현 나루히토텐노의 당숙 집안)에는 3명의 딸이 있고 그중에는 결혼한 분도 있지만 아이는 아직 없는 모양입니다. 그리고 뉴스에 따르면 아키시노노미야 가문의 마코공주 결혼 문제를 놓고 진통이 계속되고 있습니다. 가코님(현 나루히토텐노의 동생인 아키시노노미야 후미히토의 차녀. 내친왕)도 아이코님(나루히토텐노의 외동딸)도 특별한 집안 출신이다 보니 결혼하기가 쉽지는 않을 것 같네요.

존속시켜야 한다고 생각하는 순간 존속하기 무척 힘들어지는 것이 가문인지도 모르겠습니다. 이 문제가 그렇게까지 심각하지는 않은 서민 집안에서는 아이들이 쑥쑥 태어나는 걸 보면 말이지요.

앞에서도 말했다시피 우리 집안은 아버지가 양자로 들어와 대가 이어졌는데, 정작 그렇게 해서 태어난 저나 오빠는 자손 번영에 그다지 애쓰지 않았습니다. 너무 고민만 많아도 이어지지 않는 것이 가문이라지만, 그렇다고 생각을 하지 않으면 더욱 이어지지 않는 것 또한 가문인 모양입니다.

저도 노년에 접어들면 무덤과 불단을 정리해야겠지요. 그때가 되면 무덤이나 불단도 더 부담 없고 새로운 것들이 많이 나와 있을 것입니다. 무덤 없고 절해줄 후손 없어도 귀신이 되어 출몰할 생각이 없는, '이어짐'에 대한 욕구가 희박한 저 같은 사람은 점점 늘어날 것이고, 그와 함께 죽음도 캐주얼하게 변해가지 않을는지요. '무지(MUJI)표 장례식'이나 '유니클로표 무덤' 같은 게 나온다면 인기 있을 것 같은데, 어떻게 보시나요?

12

아무래도 진로는
부모의 영향이 크다

친구가 근무하는 회사에는 '가족의 날'이라는 것이 있다고
합니다. 직원의 자녀들을 회사로 불러 아버지 어머니가 어
떤 곳에서 일하는지 견학시키고 회사 식당에서 밥도 함께
먹는 행사라고 하네요. 아이들에게 회사를 보여주어 부모
님이 하는 일을 더 잘 이해하게 하는 것이 목적인 모양입
니다. 집에 돌아갈 때는 선물까지 안겨준다니 아이들 입장
에서는 정말 알찬 행사지요. 요즘 아이들은 참 다양한 경
험을 하는구나 싶습니다.

　제가 어렸을 적에는 부모님이 어떤 일을 하시는지 잘
몰랐습니다. 직종이나 회사명 정도는 알아도 구체적으로
어떤 일을 하셨는지는 지금도 확실치가 않아요. 그저 매일

회사를 다닌다는 정도로만 알고 있었습니다.

생각해보면 옛날 부모님들은 자신의 일에 대해 아이에게 별 말씀이 없었던 것 같아요. 그렇다고 일과 가정을 확실히 구분했는가 하면 그러지도 않았습니다. 옛날 가족드라마를 보면 남편이 부하직원이나 동료를 불쑥 집에 데려와서는 아내에게 "뭐 먹을 거 없어?" 하며 말도 안 되는 요구를 하는 장면이 나옵니다. 그때는 이런 일이 지금보다 흔했습니다.

제 아버지도 예외는 아니어서, 회사 동료를 종종 집에 데려와서 마작을 하셨던 모양이에요. 저는 그때 아직 어려서 기억이 없지만 어머니는 한바탕 음식을 차려내느라 힘드셨다고 하네요.

옛날 아버지들은 일 얘기는 잘 안 해도 일로 알고 지내는 사람들은 쉽게 집으로 끌어들였습니다. 회사 역시 가족적인 분위기였으니 진짜 가족과 회사 동료라는 또 다른 가족을 함께 엮고 싶었던 것이 아닐까요?

제 아버지가 다닌 회사는 규모가 작아 가족의 날 같은 행사는 없었지만 대신 제가 회사에 놀러 간 적은 있었습니다. 직원 중 젊은 남자를 '회사 오빠', 젊은 여자를 '회사 언니'라 불렀던 걸 보면 집과 회사의 경계가 희미했던 것 같습니다. 회사 오빠든 회사 언니든 걸핏하면 우리집에 불려와 함께 밥도 먹어야 했으니 지금 생각해보면 민폐가 이만저만이 아니었네요.

그런데 부모님이 돌아가시고 나서도 두 언니 오빠는 계속 저를 챙겨주고 계세요. 왕년의 오빠는 이제 할아버지가 되었지만 설날이 되면 친척처럼 우리집을 찾아줍니다. 예전에 어머니가 만드셨던 음식을 제가 차려서 내면 그 시절을 그리워하며 드셔주니 고마운 일이지요.

요즘 시대에 부모님의 업무상 지인과 그런 관계를 유지하는 사람은 많지 않을 것입니다. 만약 남편이 미리 말도 없이 평일 저녁에 부하직원을 집에 데려오기라도 했다가는 아내는 폭발하고 말겠지요.

무코다 구니코 시절의 전업주부는 스물네 시간 대기 상태로 있다가 남편이 귀가하거나 동료들이 들이닥쳐도 어떤 음식이든 차려내야 한다는 패밀리레스토랑 점장 같은 각오로 살았던 모양입니다. 하지만 요즘 아내들은 일단 직장에 다니는 경우가 많고, 그렇지 않다 해도 바쁜데다 인권 의식까지 있습니다. 사적인 공간인 집에 갑자기 남을 끌어들인다니 말도 안 되는 일이지요.

설령 회사 동료를 데려온다 해도 미리미리 아내에게 일

정을 고해야 합니다. '근사한 홈파티'로 SNS에 소개되고 싶다면 그날을 위해 청소에 메뉴 고민에 사전 준비도 만만찮습니다. 어설픈 각오로는 어림없지요.

회사 동료 집에 초대받는 것은 초대받는 입장에서도 반가운 일만은 아닙니다. 저도 직장인 시절 한 선배 집에 초대받아 간 적이 있는데, 회사원 집이 흔히 그렇듯 도심지에서도 멀리 떨어져 있거니와 전철역에서도 멀었습니다. 음식 솜씨 좋은 부인께서 푸짐하게 한상 차려주시기는 했지만 친구 사이도 아닌 마당에 마음 놓고 쉴 수도 없는 노릇. 그날 얼마나 기가 빨렸는지 모릅니다.

만에 하나 그런 모임이 있다 해도 요즘 젊은 직원들이라면 "일이랑 상관있는 건가요? 아니라면 저는 휴일은 자유롭게 보내고 싶어서요, 사양할게요." 하고 칼같이 거절할 수 있겠지요.

쇼와 시대에는 회사도 가족적인 분위기였다지만 요즘 젊은이들은 그런 분위기를 원치 않습니다. 제가 신입사원이었던 시절에도 툭하면 "요즘 젊은 애들은 술자리도 뿌리치고 데이트나 하러 간다."는 이야기를 들었는데, 그랬던 저희 세대가 이제 "젊은 애들은……." 소리를 하고 있네요.

집과 직장의 경계가 분명해진 요즘, 기업들이 가족의 날을 만들어 그 거리를 조금 좁혀보고자 노력하는 것도 그 때문인지 모르겠습니다. 회사를 견학했다고 해서 아이들이 부모의 업무 내용을 이해할 수는 없겠지만, 적어도 일하는 부모가 한층 가깝게 느껴지기는 할 것입니다.

그리고 저는 부모의 일이 아이에게 상당히 영향을 미친다고 보는 편입니다. 주위를 봐도 젊어서는 반항하다가도 결국은 부모님 회사를 물려받거나 또는 부모님이 하던 일과 그다지 다르지 않은 일을 하게 되는 사람들을 의외로 많이 봅니다. 자녀의 직업 선택에서 부모의 영향을 무시할 수 없다는 거지요.

예를 들어 정치인처럼 많지는 않을지 몰라도 의외로 자녀가 부모의 길을 답습하게 되는 직업 중 하나가 작가입니다(일본 정치인 중에는 부모의 지역구를 그대로 물려받듯 당선되어 활동하는 정치인이 종종 있다). 부모도 작가고 자식도 작가면서 양쪽 다 성공한 케이스도 퍽 많습니다. 그중에는 故고다 로한(일본의 소설가, 수필가. 그의 둘째딸과 외손녀도 수필가로, 외증손녀 역시 독일문학 분야에서 수필가로 활동)과 그의 자손들처럼 사대에 걸쳐 작가를 업으로 하는 경우도 있지요. 가부키 배우처럼 '사대째 로한' 하는 식으로 불리지는 않겠지만(만담이나 가부키 등 일본 전통 예능 분야에서는 선대의 이름을 물려받는 관례가 있다) 작가라는 직업에는 자식에게 대물림되기 쉬운 면이 있나 봅니다.

그런가 하면 자식에게 물려주기 어려운 직업도 있습니다. 가령 프로야구 선수가 그렇습니다. 물론 부자가 모두 프로야구 선수인 경우는 있지만 아버지가 스타 선수인데 자식도 스타 선수인 경우는 본 적이 없네요.

부모가 작가면 아무래도 집에 책이 많다 보니 아이들도 활자에 쉽게 친숙함을 느끼게 됩니다. 책이라면 원하는 만큼 사준다든가, 도서관에 자주 데려가준다든가 할 수도 있겠지요. 또 부모가 항상 무언가를 쓰고 있다면 아이도 '쓰기'를 특별한 행위로 여기지는 않을 것입니다.

프로야구 선수의 집에는 분명 야구방망이나 글러브가 굴러다니고 있겠지요. 어려서부터 아버지의 시합을 보러 다닐 테고요. 야구의 길로 들어서기 쉬운 환경임에 분명합니다. 하지만 꿈을 활짝 꽃피우고 그 상태를 계속 유지하기는 어려울 것 같습니다.

작가의 경우, 가령 사상가인 요시모토 다카아키(일본의 시인이자 평론가)와 딸인 소설가 요시모토 바나나(소설가)가 '쓰기'라는 공통의 방식을 통해 각자의 분야로 진출할 수 있었던 데 반해 야구의 경우 나갈 수 있는 길은 야구밖에 없습니다. 부모와 완전히 같은 무대(이 경우 그라운드라고 해야 하나요)에서 싸워야 한다는 점이 부담으로 작용할 수도 있습니다.

생각해보면 제 아버지가 작가는 아니었지만 출판사에서 근무하셨으니 저도 가깝다면 가까운 직업을 선택한 셈이 됩니다. 책이 늘 가까이에 있었던 것이 직업 선택(이라고는 해도 제가 선택했다기보다는 어쩌다 보니 이렇게 된 것이지만요)의 큰 바탕이 되었던 것 같아요.

책을 내고 잡지에 제 글이 실려도 저는 부모님께는 그 사실을 말씀드리지 않았습니다. 그래도 부모님은 어딘가에서 전해 듣고 제 글을 읽으시는 눈치였어요. 그럴 때마다 부모님의 마음이 느껴져 감사하면서도 동시에 어찌나 부끄럽던지요. 젊어서부터 음담패설이라면 글이 술술 써지는 타입이었던 탓에 제가 쓴 책 중에 부모님이 친척 분들께 당당하게 나눠드릴 만한 것은 없었습니다.

어쩌면 부모님은 제가 전업주부가 되어 아이도 쑥쑥 낳고 살기를 바라셨을지도 모릅니다. 그런데 가만 보니 작가로 먹고살 것 같고, 결국 그렇게 저를 포기하셨을 무렵이었을까요, 아버지가 "준코도 다나베 세이코(일본의 소설가. 한국에서는 『조제, 호랑이, 그리고 물고기들』로 특히 유명)가 쓰는 것 같은 작품을 쓰면 좋을 텐데……." 하며 가당치도 않은 말씀을 하셨다지 뭡니까. 그러니까 유머러스하되 조금도 저질스럽지 않고 교양이 넘치는 책을 써주길 바라셨나 봅니다.

어머니를 통해 이 이야기를 전해듣자마자 든 생각은 '그렇게는 못하겠다.'였지만, 요즘 들어서는 저도 조금 어른스러운 책을 쓰게 되면서 가끔 부모님께 보여드리고 싶다는 생각이 들곤 합니다. 이 책이라면 두 분 보시기에도 그렇게 부끄럽지는 않으실 거야 하면서요.

지금은 부모님과 좀 더 책에 관해 이야기해볼걸, 하는 생각이 들어요. 아버지는 책이 좋아 출판사에 입사하셨고 항시 손에서 책을 놓지 않으셨습니다. 하지만 자식들은 부모님이 하는 일에 거의 관심이 없듯, 그분들이 읽는 책에도 별 느낌이 없습니다. 저도 거실 테이블에 어떤 책이 놓여 있는지 신경 써본 적도 없었어요.

하지만 어머니가 읽는 책은 이리저리 들여다보기도 했습니다. 특히 세토우치 하루미(일본에서 소설 쓰는 비구니 스님으로 유명한 작가)의 소설에서 야한 부분만 골라 읽으며 히죽거리곤 했지요. 지금은 초등학생인 조카가 집에 놀러 온다고 하면 청소고 뭐고 간에 기를 쓰고 책부터 치웁니다. 화장실에 두는 청년 만화잡지는 섹스 묘사가 있어 치우고, 제 글을 연재 중인 주간지도 야한 사진이 많아 당연히 치웁니다. 한번은 호화판 춘화 도록을 선물받은 적이 있는데 도록이 너무 커서 어디에 둬야 하나 난리 법석을 피웠지요.

조카에게 만화책을 사줄 때도 너무 자극적이지는 않은지, 보고 상처받지는 않을지 꼼꼼히 따지는 제 모습이 순간 우스꽝스럽게 느껴질 때가 있습니다. 정작 나는 초등학생 때 집 근처 가게나 공터에 쭈그리고 앉아 죽어라 야한 책만 찾아 읽었는데 말이에요.

조카는 책을 좋아해서 지역에서 열린 백일장에 나가 상도 받은 모양입니다. 교내 문집을 읽고 있노라니, 자학적인 문체가 어딘가 저와 닮아 있었습니다. 내 책은 읽어본 적 없을 텐데……. 책을 좋아한다니 반가우면서도, 고모 마음에 조카의 앞날이 살짝 걱정되네요.

제 부모님도 야한 책만 좋아하는 딸이 내심 걱정은 됐겠지만 그렇다고 억지로 양서를 떠안기지는 않았습니다. 그저 자연스러운 흐름에 맡겼던 것이 참 대단하다 싶어요. 덕분에 저는 지금까지도 『소공자』, 『소공녀』, 기타 초등학생 필독서는 한 권도 읽지 않았네요.

그런 가운데 저에게 영향을 준 아버지 책을 딱 두 권

만 꼽으라면, 우치다 햣켄(나쓰메 소세키에게 사사받은 일본의 소설가, 수필가)과 미야와키 슌조(일본의 편집자, 기행작가)의 책이었을 것입니다. 제가 중학생 때 아버지가 미야와키 슌조의 『시각표 2만 킬로 時刻表2万キロ』를 사오셨어요. 기차광인 저자가 출판사에 근무하면서 일본 전역의 모든 노선을 완파하기까지의 여정을 기록한 작품입니다. 저는 이 책을 읽고 기차에 반했는데, 다만 아직 혼자 기차를 타러 갈 정도로 행동력은 없었던 때라 어른이 되어서야 기차 팬이 되었습니다. 마찬가지로 아버지의 장서 중 하나였던 우치다 햣켄의 『바보 열차 阿房列車』도 읽었는데, 저는 역시 기차 팬이라기보다는 기차여행 팬이었던 거예요.

미야와키 슌조와 아버지는 같은 세대입니다. 직업적으로도 비슷하다 보니 아버지는 동질감을 느끼셨나 봅니다. 아버지는 자동차파라 기차여행을 떠난 적은 거의 없지만, 지금 생각해보면 주말에 가족을 두고 혼자 여행을 다니는 미야와키의 라이프스타일을 동경하셨던 것 같기도 해요. 이렇게 적고 보니 제 직업도 의외로 부모님의 독서 성향으로부터 영향을 받았는지도 모르겠습니다. 야한 이야기든 기차든 지금의 저에게서 빼놓을 수 없는 요소니까요.

요즘 부모님들 중에는 자식이 IT 관련 일을 한다고 하면 도대체 무슨 일을 하는 건지 감이 안 잡히는 분도 계실 텐데요. 그런 경우를 생각해보면 부모자식이 함께 활자의 세계에 몸담고 있다는 건 행복한 일인지도 모르겠습니다.

어린 시절, 아버지 회사를 찾아갔을 때 가장 강하게 남아 있는 기억은 서고의 냄새였어요. 외서를 다루는 회사라 서고에는 서양 책들이 빼곡히 꽂혀 있었는데, 외서에서는 일본 책과는 다른 특유의 냄새가 나요. 고요한 서고에서 이 책 내음에 파묻혀 있는 시간이 저는 좋았어요. 마지막으로 그 냄새를 맡고 난 뒤로 얼마나 시간이 흘렀을까요. 다시 한번 그 냄새를 맡게 된다면 저는 아마도 순식간에 어린 시절로 돌아가겠지요. 그리고 책을 사랑하는 마음으로 일하던 젊은 아버지의 얼굴을 천진난만하게 올려다볼 것이 틀림없습니다.

13

/

가족이
이어진다는 것의 묘미

/

일본이 자랑하는 전통 예능 가부키는 배우 대부분이 서로 가족이나 친척들이라는 점에서 보기 드문 연극입니다. 아버지가 다치야쿠(가부키의 남자 주연)고 아들이 오야마(가부키에서 여성 역할을 하는 남자 배우)일 경우, 무대 위에서는 다치야쿠인 아버지가 오야마인 아들을 상대로 구애하는 장면이 펼쳐지기도 하지요. 볼 때마다 참 희한하다는 생각이 듭니다.

하지만 가부키 팬들은 아버지와 아들이 러브신을 연기하기도 하는 바로 그런 부분이 좋은 거라 합니다. 남자만 배우가 된다는 점뿐 아니라 가족끼리 연기한다는 점이 가부키의 묘미 중 하나가 아닐지요. 가족 연극이라는 바로 그 점 때문에 단순히 한번 보고 끝나는 것이 아니라 '계속'

가부키를 보면서 즐길 수 있는 것입니다. 가부키 배우 집안의 어린 아들이 아역으로 등장하면 관객 일동, "아이고 귀여워라!" 하며 할머니 모드로 바뀝니다. 가부키 아역은 배우 집안 출신이 아닌 극단 소속 어린이들이 맡기도 하지만 관객들의 박수는 단연 배우 집안 출신 아이에게 훨씬 후합니다. 관객들은 '핏줄'을 보러온 것이라 해도 될 정도지요.

그 아역 배우가 자라는 모습을 보며 "많이 컸네." 하고 흐뭇해하는 관객들. 시간이 더욱 흘러 아역이었던 배우가 어른이 되면 "점점 아버지 얼굴이 돼간다니까.", "할아버지를 빼다 박았어." 하고 이야기하곤 하지요.

가부키 팬은 단순히 연극을 보고 있는 것이 아닙니다. 이들이 보는 것은 '가족이 어떤 식으로 이어지는지, 또는 이어지지 않는지'와 같은 부분입니다. 세월의 흐름과 함께 배우 일가의 모습이 바뀌어가는 모습을 확인하는 데에 가부키 구경의 의미가 있다 하겠습니다.

가부키 세계에서는 이름난 배우 집안의 아들로 태어나야만 좋은 배역을 맡을 수 있습니다. 반도 타마사부로(전설적인 오야마 전문 가부키 배우)처럼 특출난 자질을 지닌 사람이 가부키 배우의 양자로 들어가 스타가 되는 경우도 가끔 있

176

기는 하지만 기본적으로는 배우 가문에 태어난 사람에게만 길이 트여 있는 거지요.

젠신자는 가부키계의 혈통주의에 반기를 든 사람들이 만든 극단이라고 합니다. 하긴 제아무리 노력해도 배우 집안에서 태어나지 않는 이상 좋은 역할을 따내기 힘들다면 분통이 터질 만도 하지요. 따로 단체를 만들고 싶어지는 것도 당연합니다.

하지만 혈통주의를 고집스럽게 지키는 보수적 가부키와 실력주의로 누구나 스타가 될 수 있는 민주적 가부키를 비교했을 때 어느 쪽이 더 인기가 있을까요? 답은 전자입니다. 후자는 세월이 흘러도 '저 배우도 나이를 먹었네.' 정도밖에 느낄 것이 없습니다. 한편 배우 집안에 태어난 남자아이가 아역으로 데뷔하고 성인이 되어 자손을 남기고 죽으며 가문이 이어지는 일련의 과정은 보수적 가부키에서만 볼 수 있는 관람 포인트입니다.

그런 점에서 가부키 관람은 텐노가를 보는 것과 닮아 있습니다. 두 경우 모두, 그 집안의 남자아이로 태어나면 다른 직업을 선택하는 것은 거의 불가능합니다. 후계자를 남겨 대를 이어야 한다는 책임이 뒤따르지요. 아무리 민주적인 세상이 되어도 이런 집안에서 여자는 절대로 대를 이을 수 없습니다. 그저 남자들 뒷바라지를 하기 위해 존재할 뿐이에요.

사실 반드시 대를 이어야 하는 집은 요즘 세상에 흔치 않습니다. 우리집처럼 '가족 종료'를 맞이한 다른 집들도 "살던 집이 없어진다 한들 뭐 대수냐.", "묘지 정리를 어떻게 할까?" 하는 얘기를 툭 터놓고 합니다. 그리고 바로 그런 세상이 되었기 때문에 우리 같은 일반인들이 특수한 집안에 태어난 사람들에 대해 이러쿵저러쿵 떠드는 것을 좋아하는 거겠지요. 가부키 배우에게는 가문을 잇는 것도 업의 일부입니다. 가부키를 본 적이 없는 사람도 가부키 배우의 뒷소문을 즐길 수 있는 것은, 가부키라는 예술 그 자체와는 달리 가문을 잇는 업에 대해서는 다들 한마디씩 할 수 있기 때문입니다.

방송국도 나카무라야, 나리타야(가부키계 두 명문 배우 집안)에 대해 정기적으로 다큐멘터리까지 만들어 내보냅니다. 시청자들은 "(나카무라) 간쿠로는 무서울 정도로 아버지 판박이가 됐네.", "(나리타) 간겐짱은 아직 어린데 어쩜 저렇게 연기를 잘할까." 하며 친척이라도 된 것 같은 기분이 들지요. 이는 텐노가를 볼 때도 마찬가지입니다. "히로노미야님도 이제 관록이 제대로 묻어나네.", "히사히토님은 역시 아버지랑 닮았어." 이런 대화는 일본인에게는 날씨 이야기와도 같지요. 가족을 유지하기 어려워진 요즘 세상, 가부키 배우 집안이나 텐노가는 일본인에게 가족이 유지된다는 환상을 보여줍니다.

이런 전통적 가족은 남의 눈에 노출되고 평가받는 운명에 놓여 있습니다. 그리고 그때 대중이 원하는 것은 바로 화복禍福의 강한 대비라는 생각이 듭니다.

예를 들어 나카무라 간쿠로 일가를 볼까요? 지금의 간쿠로는 육대째 간쿠로인데 아버지인 십팔대째 간자부로는 2012년에 오십칠 살을 일기로 사망했습니다. 가부키계 최고의 인기 배우였던 십팔대째 간자부로의 죽음은 가부키계에도, 그의 가족들에게도 커다란 비극이었습니다. 그러나 그때 아들인 간쿠로에게는 이미 아들이 있었고 나카무라야는 그렇게 계속된다는 화복 스토리에 우리는 눈물을 흘렸지요.

또 십일대째 이치카와 에비조도 고바야시 마오와 결혼해 장녀가 태어났고, 그 뒤 아버지인 십이대째 이치카와 단주로가 2013년에 돌아가시자마자 장남이 태어났습니다. 그런데 그 후 이번에는 아내인 마오가 암 선고를 받더니 얼마 안 있어 세상을 뜨는 등, 기쁜 일과 힘든 일이

번갈아 일어나는 운명의 부침에 시달리고 있지요. 에비조 씨는 자신에 관한 특집 프로그램에서 이렇게 말했습니다. "공적이 아닌, 사람을 남기고 싶다." 이때 '사람'이란 물론 제자 등도 포함해서 한 말이겠지만, 주로 자기 아이를 가리켜서 한 말이겠지요. 아이를 훌륭한 배우로 키워 삼백 년 이상 이어져온 나리타야(이치카와 에비조, 이치카와 단주로 모두 '이치카와'라는 가부키 배우 성을 쓰고 있지만 가부키 가문 명칭은 '나리타'이다)를 계승하는 것이 중요하지, 내 공적 따위야……. 이런 뜻이 아니었을까요?

가부키 팬, 또는 배우 가족 팬들은 그의 이 말에 마음이 찡했을 것입니다. 한때 밤중에 니시아자부에서 양아치들과 싸움이나 벌이던 사람(이치카와 에비조는 배우로서의 명성뿐 아니라 여성편력 등 여러 가지 트러블로도 유명했다)이 이제 이렇게 의젓한 말을 하는구나, 하며 마치 자기 자식의 성장을 보듯 뿌듯함을 느낀 사람이 많지 않았을까요?

텐노가의 화복도 대중들이 좋아하는 이야깃거리입니다. 텐노가 중 누가 결혼을 하거나 아이를 낳았다는 소식이 들려오면 아주 기뻐하지요. 동시에 뭔가 심각한 문제가 생겨도 경사스러운 일이 생겼을 때와 마찬가지로 신나서 눈들이 초롱초롱합니다.

요즘 다들 신나서 입방아를 찧는 텐노가 관련 화제라면 마코공주 결혼 문제일 것입니다. 약혼 당시만 해도 "여동생에 비하면 언니인 마코공주는 좀 수수한 인상이었는데, 알고 보니 청춘을 제대로 즐기고 계셨구먼. 잘됐네, 잘됐어." 하며 축하하더니, 약혼 상대의 문제가 여기저기서 불거지자 "그런 집안 사람이 자유연애 같은 걸 하면 쓰나. 부모가 잘 골라서 소개를 해줘야지.", "역시 지체 높은 집안 따님이라 남자 보는 눈이 없다니까." 하며 또 다들 신이 나서는 친척 아주머니에 빙의합니다. 어쩔 때는 영국 왕실까지 들먹이며 "다이애나비가 살아 있었다면 저 며느리를 보고 뭐라고 할꼬……." 하며 시어머니 시각으로 바라보는 것도 재미난 일이지요.

가부키 배우 집안이나 텐노가처럼 한 핏줄이 뭉쳐 하나의 직업을 이어가는 스타일이 요즘 세상에서 주류는 아닙니다. 일반 기업에서는 일가친척이라는 이유로 능력도 별로 없는 사람이 윗자리에 올랐다가는 경영이 무너집니다. 그 기업 직원도 아니었던 전문 경영인이 총수 자리에 오르기도 하는 요즘 시대, 가족 기업과는 반대로 실력주의 경향이 두드러지고 있지요.

하지만 그런 시대이기 때문에 더욱더 '일가친척의 힘'

이 재조명되고 있는 것 같습니다. 예를 들어 한때 가족 기업이었다가 오래전 창업주 일가가 경영에서 손을 뗀 회사의 경우, 위기에 직면하면 기사회생 카드로 창업주 일가에서 경영자를 선출하기도 합니다. 도요타자동차에서 도요타라는 성을 쓰는 사람이 총수로 올라 직원들의 충성심을 환기하는 데서 볼 수 있듯, 일종의 '신이 강림하는' 느낌을 줄 수도 있지 않을까요?

아무리 생각해도 일본인의 몸속에는 그런 것을 싫어하지 않는 피가 면면히 흐르고 있는 것 같아요. 아마도 사무라이 시대의 영향이 아닐까 싶은데, 다이묘(10~19세기 봉건 영주) 집안에서는 가부키 명문가나 텐노가와 마찬가지로 끊임없이 대를 이어야 했습니다. 후손이 없으면 막부에 영지를 몰수당하는 처분을 받기도 했기 때문에 다이묘들은 첩이든 뭐든 들여서 필사적으로 대를 이어왔습니다.

가부키극 「주신구라」를 볼 때마다 드는 생각인데, 영주의 가신들은 그런 주군을 모시고 있다는 사실에 도취되어 있었던 것 같습니다. 아코 지역 번주였던 아사노 타쿠미노가미(이하 '아사노')가 에도성에서 분을 참지 못하고 기라 코즈케노스케(이하 '기라')를 상대로 칼부림을 벌인 끝에 막부로부터 할복 명령을 받게 된 것이 사건의 발단이었습니다.

이에 오이시 쿠라노스케를 포함한 47인의 가신들이 억울한 죽음을 당한 주군의 한을 풀어주고자 기라를 처형한 후 할복한다는 내용입니다. 이때 만약 아사노가 전문 경영인 같은 존재로 영지 경영만 맡기기 위해 어딘가에서 모셔온 분에 불과했다면 47인의 가신들은 그를 위해 배를 가를 수 있었을까요? 그가 아사노 가문의 후계자였기 때문에 가신들도 기라를 용서할 수 없다며 충성심을 불태운 것이 아닐는지요. 게다가 아사노는 어려서 부모님을 여의었습니다. 가신들은 어린 군주를 가족처럼 지켜보았겠지요. 이런 점도 비극적인 복수로 이어진 요인이 아니었을까 싶습니다.

유교에서는 어버이에 대한 '효孝'와 주군에 대한 '충忠'을 중요시합니다. 유교의 영향이 강했던 에도 시대, 사람들의 머릿속에는 어버이든 주군이든 자신보다 '윗사람'에게는 무조건 복종해야 한다는 생각이 뿌리박혀 있었습니다. 그리고 유교에서는 종종 충효를 위해 사람들이 너무나도 '터무니없는 행동'을 감행하곤 하는데, 이런 행동에 대해 주변 사람들은 '훌륭하다'며 칭송합니다.

47인의 낭인들의 습격과 할복도 그런 터무니없는 행동 중 하나일 것입니다. 그들은 주군이 죽자 사람들의 눈을 피해 와신상담하다가 복수를 완수하는 것으로 묘사됩니다. 종국에는 자신들도 할복하게 되리라는 것을 알면서도 복수를 감행한 배경에는 군소리 없이 윗사람을 모셔야 한다는 생각이 만들어낸, 충과 효가 뒤섞인 도취감이 있었던 것이 아닐까요?

그런 시절이 지나가고 일본은 크게 변했습니다. 메이지의 문명개화 시대가 되면 할복이나 상투 트는 것도 옛날 법도가 되고 맙니다. 제2차세계대전이 끝나고 민주화가 이루어지면서 이에제도도 해체되었습니다. 사람 위에 사람 없고 사람 밑에 사람 없는 세상이 된 거지요. 요즘은 더 나아가 회사에서 상사가 부하에게 부당하게 굴면 갑질한다는 소리를 듣고 집에서 부모가 아이에게 부당하게 굴면 아이를 망치는 독이 되는 부모라는 소리를 듣습니다. 한때 윗사람이었던 존재에게 무조건 복종한다는 생각이 희미해지고 있는 거지요.

하지만 그런 한편으로, 일본인의 마음속에는 충이나 효에 취하고 싶은 욕구가 여전히 남아 있는 것 같다는 생각도 듭니다. 남편을 주인이라 부르고 추켜세우며, 그의 말을 따르거나 따르는 척을 하고 싶어하는 부인들이 많습니다. 직장을 둘러봐도 상사의 명령이나 업무에 제 한 몸

불사를 기세인 사람들도 있지요.

윗사람에게 무조건 복종하는 시스템은 인도적이지는 않지만 생각하지 않아도 된다는 쾌락을 줍니다. 누군가에게 한결같이 복종해서 자기 자신이 사라질 때 사람은 도취 상태에 빠지는 거겠지요.

이에 반해 민주적이고 평등한 세상에서는 언제나 '내'가 정신 차려 생각하고 행동해야 합니다. 그러다 보니 사람들이 윗사람 말만 따르면 됐던 그 시절에 향수를 느끼나 봅니다. 가족의 형태가 다양해지는 한편, '자자손손 이어지는' 가족들 또한 대중에게 소중한 존재가 되었습니다.

'2세, 3세 국회의원이 웬말이냐'고들 하지요. 그럼에도 불구하고 정치인 집안 출신 후보자가 강세를 보이는 것은 그런 이유에서일 것입니다. 사람들은 혈통에 대한 뭔지 모를 기대감 속에 한 표를 행사합니다.

물론 가부키도 그런 생각이 저변에 깔려 있습니다. 무대 위에서는 전통적인 가족의 형태가 변형된 '터무니없는' 이야기들이 펼쳐지고, 그것을 연기하는 가부키 배우의 가족 또한 후계자를 반드시 필요로 하며 남녀 사이의 주종 관계가 명확합니다. 극 자체를 볼 때든 배우를 볼 때든, 가부키 팬들은 고전적인 가족의 형태라는 '그리운 맛'을 느끼고 싶은 것입니다.

이제 텐노가를 볼까요? 대를 이어야 한다는 압박을 일본에서 가장 강하게 받고 있을 이들 가족은 존속의 위기에 처해 있습니다. 가부키 배우 집안의 경우 아들이 없으면 양자를 들이는 방법이라도 있다지만, 텐노가에서는 그럴 수도 없는 노릇입니다. 하지만 이제 텐노가에도 가족의 다양화라는 파도가 밀려오고 있습니다. 히사히토님이 태어나면서 여성 텐노 문제나 여성 미야케 문제는 나중에 생각해도 되지 않겠냐는 의견에 밀려 보류 상태입니다. 히사히토님이 자손을 남기지 않으면 텐노가는 대가 끊길 텐데도, 모두가 마코공주 결혼 문제에만 신경 쓰며 코앞에 닥친 재앙을 못 본 척하고 있는 것입니다.

만약 텐노가의 대가 끊긴다면 어떻게 될까요? 일본인의 가족관도 커다란 변화를 맞이하게 되지 않을지……. 이런 생각을 하고 있는 저 역시 가족 단절의 맨 끄트머리에 서 있기 때문이겠지요. 그렇게 된 후의 일본을 보고 싶은 마음과 텐노가 관련 이슈를 무척 좋아하는 마음, 두 가지 마음을 다 가지고 있는 것이 지금의 일본인일 거예요.

14

/

극성 부모
극복하기

/

나이 먹을 때마다 절감하는 것은 바로 부모의 영향이 얼마나 큰가 하는 것입니다. 젊어서는 부모님과 연결되어 있다는 사실을 거의 의식하지 못했습니다. 누가 저를 보고 부모님과 닮았다고 해도 딱히 부모님과의 공통점이 눈에 띄지 않았고, '어쩌다 가족이 됐을 뿐, 부모님과 나는 완전히 별개의 존재'라고 생각했지요.

그러던 것이 나이를 먹으면 먹을수록 내 안에 존재하는 '부모로 인한 부분'이 늘어나는 느낌입니다. '빼닮은 우리 부모님 자식'이라는 사실을 실감하게 된 거지요. 가령 얼굴은 아버지를 닮았고 몸은 어머니 쪽인데, 나이를 먹을수록 점점 더 뚜렷이 닮아가고 있음이 느껴지는 거예요. 나이와 함께 얼굴 살의 탄력이 줄어들고 눈꼬리가 처지는 모습을 거울 속에서 확인할 때면 속으로 '아버지⋯⋯.' 소리가 나오네요. 방심하고 있을 때 찍힌 사진을 보면 아버지 정도가 아니라 아예 할아버지 모습이 보이기도 하고요. 목 아래쪽으로는 손등에 울룩불룩 튀어나온 혈관이나 팔뚝살을 보며 '엄마⋯⋯.' 하고 그리움에 젖기도 합니다.

체질도 어머니와 비슷한 것 같아요. 나이를 먹으니 위장이 시원치 않은데, 어머니가 저녁을 늦게 먹으면 속이 더부룩해서 싫다고 하셨던 게 떠오르며 이제 그 뜻을 알 것 같습니다. 수족 냉증이 심한 것도 비슷해요. 어머니가 지금도 살아계시다면 '엄마도 여러 가지로 힘들었겠어.' 하며 우리 모녀만 아는 체질 이야기를 나눠보고 싶다는 생각이 드네요.

기침하는 방식까지 무서울 정도로 어머니 판박이가 되어가는 요즘, 친구들을 봐도 각자의 어머니와 점점 붕어빵이 되어가는 케이스가 종종 눈에 띕니다. 학창 시절 친구들 중에는 그 시절 자신들의 어머니를 지금 그대로 빼닮은 친구들도 있습니다. 동창회에서 오랜만에 만나는 순간 어머님이 오셨나 하고 깜짝 놀라곤 하지요.

부모에게서 자식으로 이어지는, 살아있는 것들의 '진

한' 어떤 것. 그것은 까마득히 오랜 옛날 조상님들로부터 면면히 흘러내려온 '무언가'이며, '그 흐름을 지금 내가 멈추려 하고 있구나.' 하는 느낌마저 듭니다. 이처럼 겉모습만 봐도 인간은 쉽게 바뀌지 않는다는 생각이 드는데, 사실 겉모습뿐 아니라 인간의 내면 역시 변함없이 계속 이어지지요.

제 경우에는 명랑하고 사교적이며 낯을 가리지 않으셨던 어머니의 좋은 부분은 쏙 빼고 안 좋은 부분만 고스란히 물려받았습니다. 어머니 성격 중 제가 싫어했던 부분, 가령 인정 욕구가 강한 편이라든지 모르면서 아는 척하는 부분이 나이를 먹을수록 제 안에서 뚜렷하게 존재감을 주장하는 거예요. 그럴 때마다 '이것도 유전인가? 아니면 가까이 살다 보니 영향을 받아 그런 건가?' 하며 움찔하곤 하지요.

또 저는 혼외 연애에 대해 사람이 어쩔 수 있는 게 아니라는 너그러운 입장인데, 이 역시 부모님의 영향일 것입니다. 어머니는 혼외 연애의 즐거움을 누리고 사신 분이라 저도 그러려니 하며 사춘기를 지나 지금에 이르고 있습니다. 하지만 줄곧 부모님 금슬이 좋았던 사람의 경우, 결혼 후 상대방이 바람이라도 피우면 그 충격이 이만저만이 아니겠지요. 그리고 그 사람 본인 역시 혼외 연애를 안 할 가능성이 높습니다.

이처럼 부모가 자식에게 끼치는 영향은 이루 말할 수 없이 큰데, 제가 좋아하는 탁구계에서 그 현상이 알기 쉬운 형태로 나타나고 있습니다. 하리모토 토모카즈를 비롯한 천재 탁구 소년, 소녀 들이 천재라고는 하지만 천부적인 재능만으로 탁구를 하는 것은 아닙니다. 두세 살 무렵부터 부모가 라켓을 쥐여주고 맹훈련을 시킨 덕에 세계적인 선수가 된 거지요. 탁구계에서 부모의 의지 없이 정상급 선수가 되기란 이제 어려운 일이 아닐까 싶어요.

하지만 그런 부모의 의지가 때로 역효과를 내기도 합니다. 신문에 한 여성의 인터뷰 기사가 실린 것을 보았는데, 그녀는 부모와 인연을 끊고 사는 아이들을 돕는 자원봉사 활동을 하고 있었습니다. 왜 그런 활동에 헌신하게 되었는가 하는 질문에 그녀는 부모님이 자식을 통해 당신의 꿈을 이루고자 했고, 그 때문에 어려서부터 탁구 영재교육을 받으며 때로 구타와 꾸지람에 시달려야 했다고 답했습니다. 거기에서 벗어나기 위해 잘못된 길에 들어서기도 했지만 점차 아이들을 위한 일을 하고 싶다는 생각이 들었다고 해요. 부모에 대한 절망이 부모와 멀어진 아이들에 대한 사랑의 눈길로 바뀐 거지요.

이 기사를 읽고 느끼는 바가 있었습니다. 언론에 소개되는 천재 탁구 소년, 소녀 들 뒤에는 똑같이 어려서부터 고된 훈련을 받아도 하리모토나 히라노 미우, 이토 미마처럼 될 수 없는 아이들이 대다수일 텐데, 세계무대에서 활약하는 선수의 부모는 '자식 잘 키운 위대한 부모' 소리를 듣지만 그렇지 않은 선수의 부모는 '자기 욕심을 자식한테 투사한 도쿠오야(자식에게 독이 되는 부모)'가 되는 게 아닌가, 하고요.

탁구계만의 이야기가 아닙니다. 각종 스포츠, 바둑이나 쇼기(일본식 장기) 분야에서도 요즘 스타 선수들의 상당수는 '부모도 같은 걸 한 적 있거나', '부모가 권해서' 등의 이유로 어려서부터 영재교육을 받습니다.

공부도 그렇지요. 부모 뜻에 따라 어려서부터 공부에서 두각을 나타내도록 키워지는 아이들이 많습니다. 그 아이들이 모두 성공하는 것은 아닙니다. 제 주변에는 교육자나 고학력자 부모가 이끄는 대로 순순히 따라가는 자식도 있었지만, 반발심에 전혀 엉뚱한 방향으로 나가는 경우도 있었습니다. 그리고 전자의 부모는 '역시 자식 농사 잘 지었다'는 소리를 듣지만 후자의 경우 도쿠오야 소리를 듣지요.

도쿠오야라는 말이 크게 유행한 것은 요 몇 년 사이의 일입니다. 그러나 말이 등장하기 전에도 이런 문제는 존재했습니다. 생각해보면 드라마 「3학년 B반 긴파치 선생님」에도 아이들에게 과도하게 간섭하는 부모, 공부를 강요하는 부모 등, 소위 도쿠오야의 모습이 나오지요.

이 드라마가 처음 방영된 1979년에는 '교육 마마(교육열, 치맛바람이 센 엄마들을 일컫는 말)', '모자 밀착' 같은 현상이 화제가 되었습니다. 당시 여성은 결혼과 동시에 일을 그만두고 집에 들어앉는 것이 당연했습니다. 그러고는 '나는 못 했지만 내 아이한테는……' 하며 자신이 못다 이룬 이런저런 꿈을 아이에게 주입했지요. 그 시절 중고등학생의 부모라면 제2차세계대전 말기나 전후 혼란기에 어린 시절을 보낸 세대에 속합니다. 일본이 가난했던 시절을 기억하고 있고, 고도성장기에 성인기를 보냈기 때문에 자기 아이에게는 여러 가지 의미에서 자신들보다 나은 생활을 누리게 하고 싶고, 또 그것이 당연히 가능하다고 생각한 것입니다.

그런 부모들이 지금 생각하면 도쿠오야의 시조격이었습니다. 물론 그 전에도 자식 교육에 엄격하거나 자녀들의 진로를 독단적으로 결정하는 부모는 많았을 겁니다. 하지만 그 시절의 권위적인 부모가 도쿠오야라 불리지는 않았습니다. 봉건적 사회에서는 부모가 자식에 대한 결정권을 갖는 것은 당연한 일이었고, 자식에게도 'NO'라고 말할 권리가 없었으니까요.

도쿠오야 문제는 사회가 민주화되어 자식들이 자기 부모가 도쿠오야였음을 인식, 선언할 수 있게 되면서 비로소 표면화되었습니다. 제 세대의 경우, 세상이 민주적이고 평화로운 가운데 아버지는 일하느라 바빠 집안을 돌보지 않고 어머니는 전업주부로 집에 붙박이였던 사회 정세 속에서 어머니와 아이들의 관계가 너무 가까워진 것이 문제가 되었습니다. 어머니들은 입에 풀칠하지 못해 당장 내일 어찌 될지 알 수 없는 처지는 아니었지만, 그런 눈에 보이는 불행과는 다른 막연한 불안과 불만을 느끼게 되었습니다. 그 답답한 마음을 남편이 알아주지 않으니 어머니들로서는 아이를 통해 자아실현을 시도하는 수밖에요. 그리고 그런 아이들이 자라서 '내 인생이 이렇게 뜻대로 안 되는 것도 다 부모 때문이 아닌가?' 하며 목소리를 내게 된 거지요.

가령 거식증에 걸린 이유를 따지다 보니 부모님 때문이더라, 또는 부모님의 공부하라는 소리가 지긋지긋해 범죄를 저질렀다, 하는 식이지요. 당시는 아직 도쿠오야라는 말이 널리 쓰이지는 않았지만, 자식의 제조책임자인 부모의 양육 방식이 도마에 오르게 됩니다.

만사 원인을 알면 속이 시원해지는 법. '내 인생이 꼬인 건 부모 때문'이라는 결론에 도달함으로써 눈이 번쩍 뜨인 사람도 많았을 것입니다. 인생이 잘 안 풀리는 건 내 탓이 아니라 부모 탓이라고 생각하니 무거운 짐을 벗어던진 것 같았겠지요.

제 세대가 도쿠오야 밑에서 자랐다고 커밍아웃하게 되면서 '우리 부모님도 그랬는데.' 하고 깨달은 사람이 많았던 모양입니다. 도쿠오야라는 말은 점점 널리 퍼졌고, 도쿠오야 밑에서 자란 체험수기 등 에세이도 속속 선보이게 되었지요. 유명 작가 중에도 이런 유의 체험수기를 쓴 분이 적지 않습니다. "우리 부모님, 도쿠오야였어." 하는 고백을 "저 사실 발달장애아였어요." 하는 말처럼 심심찮게 듣게 된 걸 보면, 도쿠오야는 어쩌면 자식의 표현 욕구를 자극하는 존재인지도 모르겠습니다.

도쿠오야에 대해 글을 쓰는 사람을 보면 여성이 많은 것 같은데, 어머니가 딸을 바라볼 때의 복잡한 심경 때문인지도 모르겠습니다. '나는 전문대밖에 못 나왔지만 딸은 꼭 커트라인 높은 사년제 대학교에 보내야지.', '나는 결혼하면서 일을 그만뒀지만 딸은 커리어우먼으로 살았으면…….' 하고 기대하다가도 막상 딸이 그렇게 하려 하면 "너는 자유롭게 살아서 좋겠다. 그런데 나는……." 하고 질투심에 불타오르기도 합니다. 또 이성 교제라면 펄쩍 뛰며 정숙할 것을 강요하다가 딸이 일정 나이가 되면 돌연 "너는 남자친구도 하나 없니?", "빨리 손주 얼굴 보여줘야지." 하는 식으로 집요하게 채근하기 시작합니다. 그렇다고 맞선 건수를 물어다주는 것도 아니어서, 직접 찾을 수 있겠거니 하고 방치하지요. 딸로서는 '섹스 따위 생각도 못하게 하다가 갑자기 섹스를 하라니' 황당합니다. 여성의 라이프스타일이 크게 변화하면서 어머니들의 교육 방침과 딸들의 삶의 방식 사이에 괴리가 발생한 것입니다. 그리고 그 틈바구니에서 생긴 독소가 딸의 인생을 야금야금 좀먹어가지요.

그럼 저는 어떨까 생각해보면, 저 역시 제 성격이나 불행을 부모 탓으로 돌리고 싶은 마음이 있습니다. 고치고 싶지만 도통 고쳐지지 않는 꼬인 성격, 마음은 다수파에 속하고 싶은데 자꾸 다수파가 아닌 쪽으로 기울어지는 인생, 그 원인을 부모와 결부시켜 생각할 수 있다면 내 성격의 어두운 부분이나 불행이 설령 사라지지는 않는다 해도 수긍은 할 수 있겠지요.

그렇지만 "우리 부모님은 도쿠오야였어요!" 하고 당당히 선언할 수 있을 정도였냐 하면 그 정도는 아니었습니다. 앞서 누누이 밝혔다시피 우리집이 웃음이 끊이지 않는 화목한 가정은 아니었습니다. 요즘 젊은이들처럼 부모님을 대단히 사랑한다든가, 존경하는 사람이 부모님이라든가, 하는 것도 결코 아니었어요.

하지만 부모님은 시간과 정성, 돈을 들여 저를 키워주셨고, 때리거나 소리를 지르신 적도 없었습니다. 깨끗한 옷을 입혀주시고 영양가 있는 음식을 만들어주셨어요. 어쩔 때는 오이를 사각사각 씹기만 해도 "어머, 소리 좋다!" 하며 칭찬해주셨습니다. 집안의 빛과 어둠의 대비가 크기는 했지만 부모님으로부터는 넘치는 보살핌을 받았으니, 그분들이 저에게 주입한 것은 '독'이라기보다는 상당히 풍미가 강한 '향신료'가 아니었나 싶어요.

어른이 되면 '부모 또한 그들의 부모가 키운 자식'이라는 사실을 알게 됩니다. 아버지와 어머니 각자가 자라온 시대와 환경을 감안하면 '그런 성격이 되는 것도 무리는 아니겠다'는 생각이 들어요. 그렇다면 내 성격과 인생도 부모, 부모의 부모, 또 그들의 부모, 하는 식으로 다양한 인물들이 엮어낸 인과因果가 얽히고설켜 빚어진 결과인 거겠지요.

'내가 남들처럼 결혼 못 하고 사는 건 분명 부부 사이가 원만하지 못했던 부모님 때문이야.' 이렇게 생각하며 살고는 있지만 이것도 사실은 하나의 방패막이였습니다. 일단 부모 탓으로 해두면 내가 책임을 지지 않아도 될 것 같거든요. 내가 잘못한 게 아니니 어쩔 수 없다고 생각하고 싶었던 거지요.

하지만 만사 안 되면 부모 탓하던 것도 어지간히 그만둘 때가 되었나 봅니다. 부모로부터의 유전이나 교육이 사람의 인생에 미치는 영향은 분명 지대합니다. 하지만 유전이나 교육에 의해 모든 것이 결정되지는 않습니다. 젊어서는 부모 탓할 여지도 있겠지만 나이 들면 그것이 '내 탓'이 되지요.

예를 들어서 부모가 아이에게 젓가락 쥐는 법을 제대로 가르쳐주지 않았다 해도 어느 정도 나이가 되면 자기가 젓가락을 이상하게 쥔다는 사실을 깨닫고 스스로 고칠 수 있습니다. 마찬가지로 비뚤어진 성격이나 꼬인 인생도 중간까지는 부모 탓으로 돌려 책임을 회피할 수 있겠지만 그 후에는 뭐가 됐든 스스로 노력해봐야 합니다.

겉모습이 점점 부모님을 따라가고 있는 요즘, 목소리는 거의 예전 어머니와 동일 인물 같다는 소리까지 듣습니다. 하지만 부모와 닮아가는 나이란, 내면적으로는 부모와 결별해야 하는 시기라는 생각이 듭니다. 인생의 불행과 엇박자를 부모 탓으로 돌리고 있다는 것은 아직도 부모에게 기대어 응석을 부리고 있다는 뜻이니까요. 부모에게서 받은 영향이 바람직하지 않은 것이었다면 그것을 자기 힘으로 어떻게든 해보는 것이야말로 진정한 의미에서 부모 손을 떠난다는 것이 아닐지, 오십 줄에 들어선 이제야 그런 생각이 듭니다.

15

/

혼자 사는 것도,
죽는 것도 나쁘지 않아!

/

일본의 가구당 인원수는 점점 줄고 있습니다. 국민생활기
초조사에 따르면 1953년 한 가구당 평균 인원은 5.0명.
전후 베이비붐 후의 이 시대에는 5인 가족이 평균이었습
니다. 더 대가족인 경우도 결코 드물지 않았지요.

그 후 이 수치는 꾸준히 줄어 2016년에는 평균 2.47명
이 되었습니다. 60년 사이 식구 수가 반토막난 것입니다.

가족의 이미지는 끊임없이 변화해왔습니다. 고도성장
기 유행어 중 하나로 '핵가족'이라는 단어가 있었습니다.
부부 또는 부모자식끼리만 함께 사는 가족을 말합니다. 그
전에는 조부모까지 삼대가 같이 사는 집, 또는 식모나 서
생(남의 집에서 잡일 등을 도와주며 공부하는 고학생)처럼 혈연이

아닌 사람을 들여 함께 먹고 함께 자는 집도 있었습니다.

그러다가 전쟁의 상흔이 아물 무렵부터 가족 구성원이 줄어들기 시작합니다. 개인주의 성향이 강해지면서 혈연이라도 세대 차이가 많이 나는 사람과는 함께 살기를 꺼리게 된 거지요.

젊은 부부는 시부모와 함께 사는 것을 기피하기 시작합니다. 결혼할 때 집과 차는 필수라고 생각하지만 시어머니는 모시기 싫은 젊은 며느리의 마음을 나타낸 '집 있고 차 있고 할멈 없고'라는 말이 유행한 것도 고도성장기의 일입니다.

「사자에상」은 제2차세계대전 패전 직후 연재가 시작된 만화라 핵가족 붐이 일기 전 일본의 가족상을 보여줍니다. 결혼해서 아이가 있는 사자에가 친정집에 사는 형태는 당시로서는 특수한 경우였고, 조부모와 부모, 손주까지 총 일곱 명의 대가족이 함께 사는 삼대 동거는 이제는 농촌에서나 볼 수 있는 스타일이지요.

또 다른 만화 「마루코는 아홉 살」에도 삼대 여섯 명이 함께 사는 모습이 그려져 있습니다. 고도성장기에 태어난 작가 고故 사쿠라 모모코는 거의 동세대였던 저와 마찬가지로 삼대가 한집에 사는 것을 경험한 마지막 세대인지도 모릅니다.

지금 「사자에상」이나 「마루코는 아홉 살」 속 대가족은 일종의 판타지로 '오차노마(온 가족이 모여 밥도 먹고 텔레비전도 보는 다실, 안방극장의 안방 정도의 의미)'(이 말조차 이미 판타지지만) 의 사랑을 받고 있습니다. 중장년층은 이소노 집안과 후구타 집안(「사자에상」에 등장하는 두 집안. 이소노 집안은 사자에의 친정 집, 후구타 집안은 시댁), 그리고 사쿠라 집안(「마루코는 아홉 살」 속 주인공인 마루코 집안)을 보며 '추억의 일본 전통 가족'을 떠올릴 것이고, 젊은 세대는 '이렇게 여럿이서 함께 살기도 했구나' 하며 마치 사극을 보는 듯한 느낌으로 보고 있지 않을까요? 몇 년 전 「빅대디(대가족 하야시타 집안을 취재한 다큐멘터리 프로그램)」 같은 대가족 다큐멘터리가 크게 유행한 것도 여럿이 함께 사는 형태를 찾아보기 어려워졌기 때문입니다.

가구당 평균 인원이 감소한 원인으로는 이와 같은 삼대 동거의 감소, 출산율 감소 등을 꼽아볼 수 있습니다. 또 '나홀로 가구', 즉 독거 인구의 증가도 큰 원인이겠지요.

2015년 통계에서는 일본의 전체 가구 중 나홀로 가구의 비율이 부부나 부모자식으로 구성된 가구, 그리고 물론 삼대 동거 가구의 비율보다도 높은 34.5%에 달했습니다.

이제 '나홀로 가구'는 일본에서 가장 일반적인 가구 구성 형태가 된 것입니다. 2040년이 되면 그 비율이 40%에 육박할 것이라고 하니 이제 'family'는 '가족'이라고 번역하면 안 될지도 모르겠네요. 무리 족族이 들어가니까요. 아니면 가족은 함께 사는 사람'들'이라는 생각을 바꿔야 할지도 모르겠습니다.

왜 나홀로 가구가 늘어날까요? 아마 사람들이 결혼을 잘 안 해서겠지요. 예전에는 결혼하기 전에 본가에서 살다가 결혼하면서 상대방 집에 며느리로 편입되고 마지막에는 자손들이 지켜보는 가운데 임종을 맞이하는 식으로, 나홀로는커녕 핵가족 생활 경험도 없이 평생을 보내는 사람도 있었지만 이제 그런 사람은 멸종위기종에 속합니다.

독신인 채로 독립해 혼자 살다가 평생 그 상태인 경우가 늘고 있습니다. 계속 본가에 사는 독신들도 있지만 부모도 언젠가 세상을 뜰 테니 결국은 나홀로 가구가 됩니다.

결혼해서 아이가 있는 사람도 나이 들어 혼자 살게 될 가능성이 높습니다. 수명이 점점 길어지는 가운데 부부가 함께 장수한다는 보장은 없으니, 배우자를 먼저 보내고 줄곧 혼자 살게 될 수 있지요. 특히 여성은 남성보다 평균 수명이 길어 남편이 가고 난 뒤 혼자 사는 경우가 종종 있습니다.

혼자 사는 사람들은 남들 눈에 딱해 보이기 십상입니다. 화기애애하고 떠들썩한 대가족 속에서 사는 사람은 결코 딱하다는 소리를 듣지 않는데, 혼자 사는 사람, 특히 노령층이면 더욱 더 "외롭지 않으세요?", "고독사가 두렵지 않나요?" 같은 소리를 듣습니다.

하지만 혼자 사는 게 정말 딱한 일인지 저는 잘 모르겠습니다. 나홀로 가구가 늘어나는 큰 이유 중 하나가 '혼자 사는 게 좋아서'라고 보거든요. 제가 태어났을 때 우리집은 삼대가 한집에 살며 식구는 다섯 명이었습니다. 그 후할머니가 돌아가시고 네 명, 오빠가 결혼한 후 분가해서 세 명, 제가 독립해서 혼자 살기 시작하면서 한 명, 하는식으로 줄었다가 지금은 동거인과 둘이서 살고 있는데, 혼자 살 때는 하여튼 속 편하고 좋았습니다. 물론 외로울 때도 있었지만, 다른 사람을 신경 쓰지 않아도 된다는 홀가분함은 각별하지요.

혼자 산 지 오래된 독신들은 이제 와서 누구랑 같이 사는 것도 싫다고 합니다. 나이 들면 외로움이 사무칠 거라고 하는 사람도 있지만, 나이 들었기에 더욱 더 혼자가 좋다는 사람도 있지 않을까요?

노인 자살률이 높은 한 지역에서는 독거노인보다 가족과 함께 사는 노인의 자살률이 높게 나왔다고 합니다. 가족과 함께 살면 주위에서는 보통 가족이 옆에 있어 안심이라고 생각하지만, 누군가와 함께 있을 때 느끼는 고독이 혼자 있을 때 느끼는 고독보다 힘든 법입니다. 노인의 고독감도 식구들이 각자 제 할 일 하느라 바쁠 때 더 깊어지는지도 모르지요.

독거노인은 혼자 사는 데 익숙해서 그 시간을 어떻게 즐길지도 직접 궁리합니다. 주위에서도 "그분 혼자 사시잖아." 하며 여러 가지로 신경을 써주지요. 독거노인이라고 하면 바로 불행, 쓸쓸함을 떠올리기 십상이지만 그렇지만도 않은 경우가 생각보다 많습니다.

일본인은 남에게 폐를 끼치기 싫어하는 성향이 강합니다. 동일본 대지진 후 대피 생활이 길어지면서 가족에게 짐이 되기 싫다며 극단적인 선택을 한 어르신의 이야기를 뉴스로 접했습니다. 지금의 고령층은 어려서부터 남에게 민폐 끼치면 안 된다는 교육을 받고 자란 세대라 꼭 대피생활이 아니더라도 가족과 함께 살며 짐이 되는 것은 아닌지 하루하루 노심초사입니다.

반면 혼자 살면 가족에게 짐이 될까봐 걱정할 일이 없

습니다. 또 나이든 모습이 남들한테 어떻게 보일지도 신경 쓸 필요가 없지요. 예를 들어 밥 먹다가 음식을 흘렸다고 합시다. 가족과 함께라면 그중 한 명이 '우리 할머니 이제 밥도 제대로 못 드시네.' 하고 생각해 흘린 음식을 줍거나 입을 닦아주거나 합니다. 이때 그 가족으로서는 '할머니를 돌봐드리고 있다'고 생각할지 모르지만, 할머니 입장에서는 '짐이 되고 있다'거나 '비참하다'는 생각이 들 수 있겠지요.

하지만 혼자 살면 먹고 싶은 음식 잔뜩 흘려가며 먹어도 누가 뭐라 할 사람이 없습니다. 아무리 흘려도 어차피나 혼자니 누가 '저런, 저런' 하고 생각할까 눈치 볼 일도 없고, 흘리면 흘린대로 느긋이 식사를 마친 후 내킬 때 치우면 됩니다.

또 다리가 불편해져 집 안을 기어다니게 됐을 때, 가족이 옆에 있다면 차마 그 사실을 받아들이지 못하고 시설에 모시자는 소리가 나오겠지요. 시설도 좋기야 하겠지만, 혼자 살면 속도도 모양새도 신경 쓸 것 없이 마음대로 기어다닐 수 있습니다. 내가 그 사실을 괴롭게 받아들이지만 않으면 기어다니는 것 또한 자유가 아니겠어요?

그래서 저는 나이 먹어 동거인을 먼저 보내고 나면 최

대한 혼자 살고 싶다는 생각입니다. 그 편이 남의 눈 신경 쓰지 않고 자유롭게 늙어갈 수 있을 것 같아요.

알고 지내는 팔십대 독거 여성 한 분도 몸 여기저기가 말을 안 들어 주위에서 시설에 들어가시라고 권하는 중인데, 본인은 절대 받아들일 의사가 없어 보입니다. 이 분은 평생 독신으로, 혼자 사는 게 편하고 자유롭다는 것이 얼마나 소중한지 알고 계십니다. 지금은 인생의 마지막 시기이기에 '홀가분함'이라는 보물을 더욱 더 놓치고 싶지 않은 거지요. 센스 있게 정돈된 집 안은 이 분에게 '나만의 성城'이자 고향입니다.

물론 독거노인에게는 만일을 위한 대비가 필요합니다. 돌연사하고 오랫동안 발견되지 않는 사태를 피하려면 매일매일 안부를 확인할 수 있는 장치는 마련해두는 편이 좋습니다. 저도 어머니가 혼자 사실 때 안부 확인차 매일 아침 휴대전화 문자를 주고받았습니다. 그래도 아직 육십대니 예상 밖의 사태가 벌어질 가능성은 낮지 않나 했지만, 어머니는 정말로 어느 날 아침 갑자기 쓰러지고 말았지요. 가족이 아니라도 지인이나 친구들과 반드시 연결돼 있어야 합니다.

그런 와중에 NHK에서「혼자 된 여성 일곱 명, 다 같이 살아보니」라는 제목의 다큐멘터리 스페셜을 하더군요. 정말이지 몰입해서 보았네요. 평생 일을 하며 결혼은 안 하기도 하고, 했다가 이혼하기도 한 고령의 독신 여성들이 한 아파트의 방을 따로따로 구입해 서로 도와가며 사는 모습을 취재한 프로그램이었습니다.

나이 들어 이렇게 살면 좋겠다고 생각하는 사람이 많을 것입니다. 나이를 먹을수록 가족보다 친구의 고마움이 절실하다지만, 아무리 사이가 좋아도 친구와 함께 살기란 어렵습니다. 대신 친구가 가까이에 산다면 든든하겠지요.

일곱 명의 여성은 자신들의 생활방식을 '친구네 근처 살이'라 표현했습니다. 각자 사생활은 지키되 필요할 때는 서로 돕고 함께 상의하며 보내는 나날들. 그래도 외로운 사람은 외로울 것이고 의견이 충돌할 때도 있을 것이며 불안과 걱정거리가 사라지지도 않을 것입니다. 그래도 점점 많은 사람들이 이런 생활을 선택하겠지요. 나이가 들었기에 더욱 더 혼자이고 싶어, 하지만 도움도 필요해. 그럴 때 '친구네 근처 살이'는 든든한 장치가 되어줄 것으로 보입니다.

생각해보니 저도 현재 얼추 친구네 근처 살이 같은 방식으로 사는 것 같기도 합니다. 초등학교 때부터 친하게 지낸 친구들이 다들 독거는 아니지만 지금도 같은 구에 살면서 "귤이 많이 생겼으니까 좀 가져가."라든가, "홍백가합전(매년 12월 31일 밤에 NHK에서 하는 쇼 프로그램. 가족이 한자리에 모여 한해의 마지막 시간을 보내며 함께 시청하는 단골 프로그램) 같이 안 볼래?" 하고 물어볼 수 있는 거리에 있거든요. 더 나이를 먹으면 친구랑 밥 먹으려고 니시아자부까지 가는 것도 귀찮아질 텐데, 아예 친구가 근처에 살면 이래저래 든든하지 않을까요?

이때 조심해야 하는 분들이 남성분들, 또는 커리어우먼이었던 분들입니다. 계속 전업주부였던 사람은 아이 친구 엄마라든가 동네 지인, 친구가 많습니다. 반면 계속 밖에서 일한 사람들은 동네 커뮤니티와 관계가 소원합니다. 남자들이 은퇴 후에 '젖은 낙엽' 소리를 듣는 것이 바로 그 때문이었는데, 여자들도 계속 밖에서 일만 했다면 은퇴 후 딱 그렇게 되지 말란 법이 없지요.

「혼자 된 여성 일곱 명, 다 같이 살아보니」에 등장한 분들도 평생 일을 해온 분들이었습니다. 이들은 원래 친구 사이는 아니었고 '친구네 근처 살이'에 지원해서 결성된 하우스메이트들이었어요. 줄곧 일을 하면서 다져진 행동력이 이분들에게 '친구네 근처 살이'라는 길을 열어준 거지요.

공유 주택share house은 이 '친구네 근처 살이'의 청년층

버전이라고 할 수도 있겠습니다. 공유 주택에서는 개별 공간은 개별 공간대로 확보하면서 외로울 때는 공유 공간에서 누군가와 이야기하거나 밥을 함께 먹을 수도 있습니다. 혼자 있고 싶다는 욕구와 고독을 두려워하는 마음, 현대인은 이 두 가지를 다 갖고 있으며 양쪽을 동시에 만족시키기 위한 거주 형태는 연령을 불문하고 더욱 주목받게 될 것입니다.

고령자뿐 아니라 어느 연령대의 사람이 혼자 살아도 별로 신기하게 여겨지지 않는 요즘 시대, 하지만 혼자 사는 사람이 아무리 많아져도 부부나 부모자식이 함께 사는 기존의 가족 형태가 사라질 일은 없지요. 오히려 나홀로 가구가 늘어난 지금, 가족과 함께 사는 사람들은 '가족의 행복'이 희소해졌음을 자각하고 이를 마음껏 누리는 중인 것 같습니다.

저출산으로 신음하는 일본의 현실을 감안할 때, 이들이 SNS를 통해 '가족의 행복'을 어필하는 것도 나쁘지 않아 보입니다. 앞으로 결혼할 가능성이 있는 젊은이들이 그런 SNS를 보며 '결혼하는 게 좋으려나.' 하고 초조해할 수도 있고, '나도 이런 가족이 있었으면.' 하고 좀 더 분발할 수도 있겠지요.

생각해보면 제가 젊었을 때는 사람들이 그런 행동에 별로 열성적이지 않았습니다. 가족의 행복을 드러낼 때라고 해봤자 가족사진을 연하장에 넣을 때 정도였지요. 그조차 굳이 남의 식구들까지 보고 싶지는 않다는 사람도 있어서 가족이 있는 사람들은 가족사진을 넣은 것과 안 넣은 것, 두 종류의 연하장을 만들어야 했지요.

제가 젊었을 때는 가정 있는 사람들과 대화할 때면 아내하고는 한집에서 별거 상태라든가 벌써 몇 십 년째 섹스리스라든가 애들이 부모랑 대화를 안 하려 한다는 식으로 부정적인 얘기 일색이라 가정을 꾸릴 마음이 들지 않았습니다. SNS 시대가 되어 사람들이 가족여행이다 바비큐 파티다 하며 가족의 행복을 마음껏 표현하게 되면서 가족에 대한 동경도 커진 것이 아닐지요.

하지만 바로 그런 시대이기 때문에 '가족은 행복해야 한다'는 강박에 시달리는지도 모르겠습니다. 자기 아이를 살해한 사람이 그 며칠 전에 아이와 함께 즐거운 표정으로 사진을 찍어 SNS에 올렸다는 이야기를 뉴스에서 보았는데, 아이를 제 손으로 죽일 정도로 육아가 힘든데도 행복한 척을 해야만 하는 괴로움이 엿보입니다.

그걸 보면 혼자 사는 사람은 행복해야 한다는 강박도

없거니와 행복을 과시할 필요도 없으니 속 편하지요. 먹고 싶은 음식을 직접 만들어 맛있게 먹을 때면 행복이 이런 것이구나 싶습니다. 하지만 혼자 사는 사람은 그걸 굳이 남에게 보이려 하지 않습니다.

가족과 함께 살아도 불행한 사람은 혼자 사는 사람을 딱하게 봄으로써 자기 위안을 얻는 것인지도 모릅니다. 하지만 혼자 사는 사람은 행복해도 그것을 드러내지 않고, 다른 사람과 행복을 비교하지도 않습니다.

"그래도 고독사는 싫잖아요?" 이렇게 말하는 사람도 있겠지만, 혼자 사는 사람은 어쩌면 혼자 죽는 것도 그다지 싫어하지 않는 것 같습니다. '고독사'라는 말에는 안 좋은 이미지가 따라다니고, 미녀 배우가 혼자 살다가 죽기라도 하면 언론은 일제히 달려들어 '비참한 죽음'이라 보도하지요.

세상 사람들은 '고독사한 여배우에 비하면 나야 제대로 살고 있는 거지' 하며 우월감에 빠지지만, 정작 그 여배우는 별로 비참하지도 불행하지도 않았던 게 아닐까? 하는 것이 제 생각입니다.

지금 같은 세상에서는 혼자 죽어간 미녀 여배우를 동정하는 사람들도 언젠가 혼자가 되어 고독사할 가능성이 큽니다. 하지만 혼자 사는 게 '평범한 일'로 취급받는 세상이라면, 혼자 죽는 것 역시 '평범한 일'이 되지 않을까요? 혼자 죽을 때를 위한 시스템이 마련되고 혼자 죽는 것이 당연한 상황이 됨으로써 죽는 방식의 차별이 줄어들면 좋겠습니다.

16

/

가족을
빌려드립니다!

/

일본에는 집 밖에서도 가족들끼리의 유대감 같은 걸 느끼고 싶어하는 사람이 많은 것 같습니다. 물론 이는 딴집 살림을 차리고 싶어한다는 의미가 아닙니다. 단순히 불륜에 빠지는 정도라면 몰라도, 요즘 세상에 상대방에게 집까지 사주며 끼고 살 수 있는 사람은 별로 없을 것 같아요.

제가 여기서 말하고 싶은 건 가령 반사회적 조직, 즉 조폭들이 형성하곤 하는 유사가족 관계에 관한 이야기입니다. 실록물(실제 사건에 역사적 허구를 가미해 만든 이야기. 대체로 야쿠자, 범죄 영화 등이 많다) 영상을 보면 그들은 같은 조직에 들어갈 때 부모자식이나 형제의 술잔을 주고받게 되어 있는 모양입니다. 그렇게 잔을 비우면 그때부터는 '한가족'이 되고 거기서 빠져나가려면 상당히 골치 아픈 사태가 벌어진다고 하지요.

연예계에서도 유사가족 같은 관계가 종종 눈에 띕니다. 드라마에 함께 출연한 중견 여배우를 가리켜 젊은 여배우가 "제가 선배님을 엄마라고 불러요. 어머니의 날에는 선물도 보내드렸고요." 하고 말한 적도 있지요. '엄마' 여배우가 돌아가시거나 하면 그녀를 '딸처럼 따랐던' 후배 여배우들이 정말 엄마 잃은 딸처럼 울기도 하고요.

조폭 세계든 연예계든 그곳은 '직장'입니다. 직장이란 본디 가족과는 무관한, 공사로 따지자면 '공'에 해당하는 장소지요. 그럼에도 불구하고 직장에서까지 가족적인 관계를 맺고 싶어하는 사람들이 적지 않습니다.

조폭 세계나 연예계처럼 특수한 업계만 그런 것도 아닙니다. 일반적인 직장에서도 유사가족 같은 분위기가 종종 형성됩니다. 저도 회사에 입사해서 부서는 하나의 가족 같은 것임을 느꼈지요. 부장님이 아버지 역, 실무 쪽 여직원은 어머니 역, 부하직원들은 나이 순서대로 큰아들, 둘째아들, 하는 식이었습니다. 거기에 신입으로 들어간 저는 막내딸 정도였을까요?

실제로 저는 부장님을 아버지처럼 따랐습니다. 아버지

가 딸 앞에서는 약해지듯 부장님도 신입 여직원인 저를 상당히 너그럽게 대해주셨고요. 그리고 아버지의 약점을 딸처럼 예리하게 간파한 저는 구제불능 딸, 즉 구제불능 직원으로 순탄하게 자라났어요.

부서나 회사를 가족처럼 느끼는 것은 쇼와 시대적인 생각입니다. 옛날에는 광산 같은 곳에서도 '일산일가一山一家'라 해서 가족적인 경영을 하는 곳이 여기저기 많았어요. 거기에는 '가족이니까 힘든 일 좀 시켜도 되겠지.' 하는 생각도 있지 않았을까요?

헤이세이 시대가 되어 젊은이들이 일터에서 개인주의를 추구하게 되면서 직장 안의 가족적인 분위기는 약해졌습니다. 그런데 지금 그 반작용으로 직원여행이나 직원체육대회 같은 가족적인 이벤트가 인기를 끌고 있다고 하네요.

지금도 분명 '회사 부모님', '회사 딸', '회사 아들' 같은 관계는 여기저기서 만들어지고 있을 것입니다. 물론 '회사 아내', '회사 남편' 같은 관계도 있을 테고요. 그런데 그런 가족 같은 친밀함을 일할 때만 발휘하면 참 좋겠습니다만, 한 발짝 더 나아가 회사 밖에까지 끌고 나오면 골치 아파집니다.

제 경우 이십대 후반이 되기 전에 '언제까지 막내딸 노릇이나 하고 있을 수는 없다'는 생각에 회사를 그만두었습니다. 그래도 회사 아버지는 그 후로도 아버지처럼 따랐지요. 아마도 저는 친아버지 앞에서 재잘거리며 어리광을 부린 기억이 없어 회사 아버지를 따랐던 것 같아요. 파파걸 소리를 듣는 사람은 두 부류가 있는데, 어려서 아버지와 사이가 너무 좋아 그 연장선상에서 아버지 같은 존재를 따르는 부류가 있고, 한편으로 아버지가 안 계셨거나 계셨어도 존재감이 약했거나 사이가 멀어서 커서도 아버지 같은 존재를 계속 원하는 부류가 있습니다. 저는 후자였던 게 아닐까요?

회사 아버지는 어디까지나 남이다 보니 친아버지에게는 절대 할 수 없는 이야기도 털어놓을 수 있었습니다. 또 회사 아버지는 풍류를 아시는 분이어서 친아버지는 데려가주지 않는 곳, 가령 긴자(고급 명품 매장과 대형 백화점들이 들어선 도쿄 최고의 쇼핑 지구) 같은 밤의 세계로도 저를 데려가주셨지요.

직장에서 유사가족 관계가 만들어지는 데에는 이런 배경이 있는 것이 아닐는지요. 진짜 가족으로는 채워지지 않는 공백을 집 밖의 유사가족을 통해 메우고자 하는 욕구를 우리는 크든 작든 가지고 있습니다.

직장에서만 그런 것도 아닙니다. 바나 스낙쿠(일본의 소규모 술집 형태 중 하나) 같은 곳에 가면 '마마'가 기다리고 있습니다. 술집 마마는 이미 자기 엄마에게 응석부릴 나이는 지난 남자들의 마음을 때로는 어루만져주고 때로는 북돋아주면서 금전의 대가로 어리광을 받아주는 존재입니다. 고료리야(소규모 일식집) 여주인이 종종 엄마라고 불리는 것도 비슷한 이유에서겠지요.

마마를 찾는 것은 남자들만이 아닙니다. 어떻게 살아야 할지 막막한 처자들은 '신주쿠 엄마(일본의 여성 점술사. 신주쿠에서 300만 명 이상의 손님들 점을 봐주어 '신주쿠 엄마'라는 애칭을 얻었다)'를 필두로 한 점쟁이들('지명+엄마' 하는 식으로 불리는)에게 고민거리를 털어놓고 역시 대가를 지불하며 인생의 지침을 얻어갑니다.

유사가족 만나러 다닐 돈이 있으면 진짜 가족한테나 잘하라고 하는 사람도 있겠지요. 하지만 진짜 가족이 아닌 유사가족이어야만 하는 이유도 있을 것입니다. 진짜 가족은 평생토록 연을 끊을 수 없는 존재입니다. 진짜 가족이기 때문에 솔직하게 던진 말 한마디에 사이가 틀어지기도 합니다.

반면 유사가족은 어디까지나 '유사' 가족. 아무리 사이가 좋아도 결국은 남입니다. 가족 사이의 구질구질한 사정은 쏙 빼고 '가족적인 느낌' 중에서도 가장 깔끔한 부분만 느낄 수 있는 관계인 거지요. 술집 마마나 점쟁이 엄마가 마치 엄마처럼 이야기를 들어주기는 하지만 우리가 그들을 친엄마처럼 돌봐드려야 하는 것은 아닙니다. 또 그들은 가끔 엄마처럼 따끔한 이야기를 해주기도 하지만 친엄마가 아니기에 상처 주는 말은 하지 못합니다. 사람들이 돈을 내고 마마나 엄마를 찾아가는 것도 무리는 아닐 것 같네요.

그런가 하면, 마마나 엄마는 인기가 있지만 '술집 파파', '신주쿠 아빠' 같은 말은 거의 들어본 기억이 없습니다. 유사가족 업계에서 아빠는 엄마처럼 수요가 많지는 않은 모양이지요. 조건 없는 사랑을 베풀고 정성스런 음식을 만들어주는 엄마는 시대 불문 만인에게 인기 있는 존재입니다. 여성들도 친아들, 친딸은 아닐지라도 누가 자신을 '마마', '어머니' 하고 부르면 태도가 달라지는 경향이 있습니다. 여성은 이성으로부터 '여자'로 여겨지지 않는 나이가 돼도 계속해서 '엄마'로 남음으로써 살길을 찾나봅니다.

엄마가 아이들을 어루만지고 어리광도 받아주는 존재라면 전통적인 아버지는 아이들을 엄하게 대하는 역할을 담당했습니다. 그러나 이런 엄한 아버지 같은 사람은 아이가 자라서 사회에 나가면 일하면서 얼마든지 만날 수 있습니다. 돈을 내면서까지 '아빠'나 '아버지'에게 야단맞고 싶지는 않지요.

쇼와 시대, 친아버지도 아닌 사람을 '파파(아빠)'라고 부르는 여성이 있었다면 그녀는 아마 남자의 젊은 애인이었겠지요. "파파~앙" 하고 부르는 애인에게 살림을 차려주는 것은 그야말로 집 밖에서의 유사가족 활동인데요, 술집 '마마'는 마마라는 일을 통해 돈을 버는 데 반해 '파파'는 애인에게 돈을 쥐여주는 입장입니다. '파파'로 돈을 벌기는 쉽지 않은 모양이지요.

사람이 어른이 되어 절대적으로 의지할 수 있는 사람, 나를 감싸주는 존재가 사라지면 마음이 허전해지는 법입니다. 이것이 '중년의 위기' 원인 중 하나인지도 모릅니다. 그러나 많은 경우 그 나이에는 아이가 있어 아이를 키우느라 정신이 없어 외로움을 잊고 살지요.

반면 저처럼 아이가 없는 사람은 어떨까요? 종종 눈에 띄는 것이 '유사자녀'를 갖는 방식입니다. 개, 고양이를 키우는 것말고도 조카나 친구의 아이를 내 아이처럼 예뻐하는 경우도 있습니다.

주변의 무자녀족 중에는 조카 육아에 친부모처럼 공을 들이는 고모, 이모 들이 있습니다. 저도 조카가 있는데 나름대로 예뻐하기는 하지만 정 많은 사람들에 비하면 엉성한 데다가, 예뻐할지언정 키운 적은 없습니다.

정 많은 무자녀족은 조카를 예뻐하는 마음에 진짜 엄마 같은 마음으로 야단도 치고 친부모에게 아이 양육 방식에 대해 참견하기도 합니다. 부모들 눈에 이런 행동이 곱게 비칠 리가 없지요. 부모들이 이런 간섭에 대놓고 불평하지 못하고 뒤에서 미간을 찌푸리는 모습을 보고 있노라면 유사자녀에 대한 애정 표현이란 것이 얼마나 쉽지 않은지 느끼게 됩니다.

영업상의 '마마'와 손님 사이의 관계와 달리, 고모나 이모는 조카들과 오히려 핏줄로 이어져 있다는 점 때문에 자칫 심각해질 수 있지요. 하지만 조카가 무자녀족 고모, 이모가 자신에게 느끼는 친밀함만큼 그녀들을 가깝게 생각하지는 않습니다. 유사자녀인 조카에게 애정을 쏟을 때는 그 애정이 부담스러워지지 않도록 조심해야 한다는 생각이 들어요.

베스트셀러 소설 『그대들, 어떻게 살 것인가(1937년에 출간된 이래 현재에 이르기까지 청소년 인생론의 고전)』에는 고민 많은 주인공 코페르가 외삼촌과 이런저런 이야기를 나누는 모습이 그려져 있는데, 이는 두 사람이 외삼촌과 조카 사이이기 때문에 괜찮은 것입니다. "만약 둘이 부모자식 간이라면 윗사람이 아랫사람에게 이래라저래라 하는 식이 되지만 외삼촌과 조카이기 때문에 비스듬한 관계로 대화할 수 있어 좋은 것이다."라고 이케가미 아키라(일본의 유명 저널리스트) 씨도 텔레비전에 나와 이야기했던 것 같네요.

조카를 유사자녀로 여기고 싶은 마음은 충분히 이해가 갑니다. 하지만 우리는 이 아이들을 반쯤은 남으로 봐야 합니다. 육친으로서의 애정을 갖는 한편으로, 타인으로서의 냉정함도 함께 가져야 하는 거지요.

무자녀족이 유사자녀를 두는 또 하나의 방법으로 플랜 인터내셔널 같은 단체를 통해 해외의 불우한 아이들 지원하기도 있습니다. 저도 '저출산에 가담해 송구한 마음'으로 이런 식의 지원을 하고 있는데요, 이 경우 아무리 오버해도 '부담스러운 고모나 이모'가 되지 않는다는 게 장점입니다.

그리고 오십대가 되면 손주 있는 사람도 하나둘 나타나기 시작합니다. 주변 사람이나 친구가 손주 생겼다면서 귀여운 아기 사진을 보여주거나 하면 '좋겠다, 손주도 있고…….' 하는 생각이 들 게 뻔합니다.

요즘 할머니들은 육아 지원군으로도 활약해야 하니, 친구가 애 보기에 동원되기라도 한다면 저도 어디에선가 유사손주를 찾아다닐지도 모르겠습니다. 지금도 젊은 지인에게 아이가 태어나면 '첫 손주 태어난 기분'이라며 안아보기도 합니다. 아이 없고 손주도 없는 사람들을 위해 고양이 카페가 아니라 아기 카페가 있어도 좋겠다는 생각이 드네요. 독박 육아에 지친 엄마아빠들이 모여, 아이 없고 손주 없는 사람들, 아니 꼭 그런 경우가 아니라도 주변에 아기가 없는 사람들이 와서 아이를 안아보는 사이 엄마아빠들은 한숨 돌리는 식으로…… 어떨까요?

가족 대여 산업이 실제로 존재한다고 합니다. 결혼식 같은 때 구원 투수마냥 가족 역할을 맡아준다나요. 또 '아저씨 대여(30~60대 남성을 빌려주는 서비스. 각종 푸념 들어주기, 고민 상담이나 무거운 짐 들기와 같은 잔심부름, 드라이브나 각종 행사 동행하기 등 다양한 서비스를 제공)' 같은 서비스도 이슈가 되는 걸 보면 이제 '파파'로도 돈을 벌 수 있는 시대가 된 모양입니다.

대부분의 사람들이 결혼하던 시대에 가족은 '있는 게 당연한' 존재였습니다. 하지만 결혼하기 힘든 시대가 이어지면서 가족은 사치품이 되었지요. 동시에 가족은 그냥 있기만 하면 되는 존재도 아니게 되었습니다. 옛날처럼 아버지가 처자식에게 폭력을 휘두르거나 어머니가 아이와 너무 딱 붙어 있으면 가정폭력이나 도쿠오야 소리를 듣기 십상이지요. 가족의 '질'도 중요해진 것입니다.

가족이 없거나 있어도 불만스러운 사람들은 외부 세계에서 가족 같은 존재를 찾아다닙니다. 회사, 술집, 인터넷, 망상 속에서 등등. 나 역시 이렇게 여기저기서 유사가족의 단편들을 끌어모아 조각보 만들듯 이어붙여가며 가족 느낌을 내고 있는 게 아닐지 싶어요. 그러다가 그런 귀찮은 일 안 해도 가족 느낌을 갖게 해주는 시스템이 있음을 떠올렸으니 바로 기독교였습니다. 주기도문은 다음과 같이 시작합니다. "하늘에 계신 우리 아버지……." 기독교의 하나님이야말로 모두의 아버지 역이지요. 대여하지 않아도 이상적인 아버지가 하늘에 계신 것입니다.

기독교에서 '마마' 역할은 말할 것도 없이 성모 마리아님이 맡습니다. 성모 마리아는 예수의 어머니인데 처녀 잉태를 했다 해서 성녀이기도 합니다(출산 후의 성행위 여부에 대해서는 모르겠습니다만). 술집 마마에게처럼 돈을 갖다 바치지 않아도, 언제든 사람들의 이야기를 무료로 들어주시는 분이 마리아님인 것입니다. 인간은 아주 오랜 옛날부터 친부모가 살아 있어도 또 다른 파파나 마마를 필요로 했나 봅니다. 그렇지 않다면 기독교 같은 종교는 탄생하지 못했겠지요.

참고로 제가 회사 아버지로 따르던 분은 제 친아버지가 돌아가시고 얼마 후 작고하셨습니다. 친아버지와 회사 아버지를 모두 잃고, 문득 생각해보니 아버지뻘 되는 남자분들은 이제 저를 감싸주는 존재가 아니라 제가 감싸드려야 하는 대상이 되어 있었습니다.

초밥집에서 제 돈 내고 초밥을 사먹을 때마다 '에고, 예전에 초밥은 당연히 아버지나 아버지 같은 분이 사주시는 음식이었는데.' 하며 마음이 조금 쓸쓸해지네요. 하지만 그래도 '하늘에 계신 우리 아버지'를 믿고 싶은 마음이 전혀 들지 않는 것은, 하나님은 초밥을 안 사주시기 때문이 아니라 제가 이미 충분히 어른이기 때문이겠지요.

17

/

사실혼이
뭐 어때서?

/

혼인 관계가 아닌 동거인과 저는 영화를 보러 갈 때면 언제나 '부부 할인 50%'를 이용합니다. 이 제도를 이용하면 둘 중 한 사람이 오십 살 이상인 경우 두 사람 다 영화표 가격이 1100엔이 되거든요. 그냥 사면 한 사람당 1800엔이니 이용하지 않을 이유가 없지요.

그런데 사실 저희는 법률상 부부가 아니라 이 혜택을 이용하면 안 됩니다. 부부가 될 것을 호적에 올리겠다고 국가에 확실히 선언한 사람만이 영화를 저렴하게 볼 권리가 있는 것이니까요.

하지만 영화관에서 "두 분, 정말 부부세요? 혼인 관계 증명할 수 있는 것 있으세요?" 하고 묻지는 않습니다. 아마 오십대 아저씨와 불륜 상대로 보이는 이십대 여성 커플이 와도 "진짜 부부세요? 불륜 관계 아니시죠?" 하고 묻지는 않겠지요.

사실 저는 전에도 실험정신에 불타 오십대 동성 친구와 영화를 보러 가서 부부 할인권을 이용해본 적이 있습니다. 그랬더니 역시나 아무도 뭐라고 하지 않는 거였어요. 요즘은 LGBT(lesbian, gay, bisexual and transgendered, 성소수자)에 대한 인식이 많이 달라져서 부부의 성별이나 혼인 관계 여부 같은 걸 일일이 따지지 않나 보다 했습니다(영화관 직원 분, 그냥 친구끼리 가서 할인 받아 미안해요).

동거는 하지만 혼인 관계는 아닌 저희 같은 커플을 사실혼 관계라 한다고 합니다. 옛날 같았으면 이런 사이는 '내연 관계'라 해서 어딘가 칙칙한 이미지가 있었습니다. 정상적인 사람들이라면 제대로 식을 올리고 살 것이고, 내연 관계는 뭔가 떳떳지 못한 사람들이 맺는 관계라는 거였지요.

그 시절에는 뉴스에서 가령 여성이 살해된 소식을 전하며 "내연남이 살인 혐의로 체포되었습니다." 하는 식으로 보도하곤 했습니다. 내연남이라니, 딱 들어도 내연녀를 죽일 것 같네. 이런 식으로 음산한 이미지가 감돌았지요.

아마 지금이라면 혼인 관계가 아닌 남녀가 동거하다가 살인 사건이 나도 뉴스에서 '내연'이라는 말이 아닌 '동거 중인 남성' 같은 식으로 표현할 겁니다. 언제부터인가 '내연'은 안 쓰는 편이 좋은 단어가 된 것 같아요.

'내연內緣'의 '내內'자는 '내밀하다' 할 때의 '내' 자와 같습니다. 이 '비밀에 부쳐야 하는 관계'라는 뜻이 '내연'이라는 단어에 칙칙한 느낌을 주는 거겠지요.

하지만 이제 이런 관계에서 칙칙함이 사라져가고 있습니다. 사실혼 관계를 비밀로 하지 않는 사람들이 늘고 있는 거지요. 결혼한 커플이 아니면 가짜라는 식의 생각은 구시대적 발상이 되고 있습니다.

예를 들어 제인 수(일본의 음악 프로듀서 겸 평론가, 라디오 진행자)는 '내연'이라는 단어가 풍기는 쇼와 시대적으로 떳떳하지 못한 이미지를 역이용해서 자신의 동거남을 '내연의 아저씨'라 부릅니다. 이 표현이 마음에 들어 저도 가끔 빌려 쓰곤 하는데요. '내 파트너'가 하는 식으로 말하면 뭔가 좀 척하는 느낌이 들지만 '내연의 아저씨'라고 하면 밝고 유머러스한 분위기 속에서 말할 수 있거든요.

통계를 내본 적은 없지만, 제 또래 사람들을 보면 법률상으로는 독신이지만 파트너 같은 사람이 존재하는 경우가 적지 않습니다. 법적 신분은 독신이지만 순수하게 혼자 사는 것도, 순수한 독신도 아닌 사람이 꽤 되는 거지요.

어떤 기준으로 사실혼이라고 하느냐는 애매한 부분이 있을 것입니다. 결혼식도 올리고 서로 가족끼리 왕래도 하지만 일본의 결혼 제도에 동의하지 못해 호적만 올리지 않고 사는 사람들, 어쩌다 보니 같이 살게 되어 언제부터인가 부부 같은 사이가 된 사람들, 주위에 입도 뻥긋하지 않고 말 그대로 '내연' 관계로 몰래 동거하는 사람들 등. 유형은 다양하지만 비교적 많은 경우는 두 번째, 즉 '어쩌다 보니 같이 살게 되어 언제부터인가 부부 같은 사이가 된' 커플이 아닐까요?

저희도 그런 경우로, 주변 분들에게도 이제 조금씩 알리고 있습니다. '동거 커플'이라 해도 되겠지만, 이 말은 어딘가 젊은이들이 쓰는 말 같아서 이 나이가 되니 쓰기 꺼려지네요. 중년 커플쯤 되면 성적인 무드도 감돌지 않으니 굳이 그런 노골적인 말을 쓸 것도 없이 그냥 '함께 사는' 정도라 하면 되겠지요.

하지만 주변인들 중 번듯이 결혼해 살고 있는 이들의 눈에는 저희가 '어쩌다 보니' 함께 살게 되었다는 부분이 어딘가 이상해 보이는 모양이에요. 법률혼 부부들은 나름의 각오를 하고 결혼했다는 자부심이 있기 때문에 어쩌다가 살림을 합쳐 설렁설렁 사는 커플(그것도 다 큰 어른들)을 보면 석연치 않은 느낌이 드나 봅니다.

그런 분들은 이런 질문을 자주 합니다. "왜 결혼 안 해요?" 저도 '왜 안 할까' 생각을 해봤는데, 큰 이유라고 한다면 '귀찮아서', '딱히 불편함을 못 느껴서'입니다.

사실혼 관계 커플의 경우, 여자가 무직이거나 극단적으로 경제력이 없는 경우는 거의 없습니다. 전업주부를 희망하는 여성이 처음부터 나름의 방법을 동원해 원하던 자리에 들어앉는다면, 사실혼 코스를 밟는 여성 중 상당수는 비교적 일을 좋아하는 경우가 많습니다. 그러다 보니 젊어서는 결혼과 인연이 없다가, 어느 정도 안정적인 나이가 되면 혼자 사니 외롭기도 해서 만나던 사람과 어찌어찌 살림을 합치고, 그 상태가 이어지게 되는 거지요.

이는 '나는 결혼을 한 정상적인 인간'이라는 명분보다는 '누군가와 편하게 함께 산다'는 실리를 추구한 생활이라 할 수 있습니다. 이제 와서 결혼을 하기도 이래저래 번거롭지만 같이 살 사람은 있었으면 좋겠다, 이런 식으로 사실혼 생활을 시작하게 되는 것입니다.

일본인이 왜 결혼을 하는지 그 의미를 파헤쳐보면 '아

이 때문에'라는 부분이 클 것 같습니다. 현행 제도로는 사실혼 커플 사이에 아이가 태어나면 그 아이는 혼외자녀로 취급됩니다. 아버지가 아이를 인정하지 않으면 부모자식 관계는 성립되지 않습니다. 세상으로부터 '제대로 된 부모 자식'으로 인정받으려면 결혼을 해야 하는 거지요.

그래서 사실혼 커플은 중년 이상인 경우가 많습니다. 아이를 간절히 원하는 젊은 여성이라면 설령 어쩌다 동거를 시작했다 해도 결국은 법률혼을 성사시키기 위해 노력합니다. 어찌어찌 임신한 경우, '이참에' 싶어 속도위반 결혼을 하게 되지요.

젊은이들에게는 아이를 원해서만이 아닌, 결혼 그 자체에 대한 동경도 있습니다. 웨딩드레스를 입어보고 싶다는 단순한 이유로 결혼하는 사람도 있고, 삼십대 정도 되면 자신도 결혼할 수 있다는 사실을 주변에 증명하고 싶다는 복잡한 이유로 결혼하고 싶어하는 사람도 있습니다.

반면 중년은 결혼에 대한 열망은 이미 식은 상태. 연령 상으로도 이제 아이를 가질 일은 없다고 생각하게 됩니다. 그러면 굳이 법률혼을 할 필요가 있나 싶은 거지요.

또 한쪽, 또는 양쪽 다 이혼 경력이 있어 호적에 올리기 싫어하는 경우도 있습니다. 이전의 결혼에서 낳은 아이가 있다면 더더욱 복잡해질 것이고, 돈 문제까지 얽힐 것 같다 싶으면 호적엔 올리지 않는 편이 낫습니다.

이제 와서 양쪽 집안끼리 오고가는 것을 원치 않을 수도 있습니다. 중년의 나이에 갑자기 남의 집 '며늘아기'로 데뷔하는 것도 쉬운 일이 아니고, 잘못하면 재산을 노리고 들어왔다며 의심받을 수도 있습니다. 물론 '사위'도 마찬가지고요.

중년은 부모를 돌봐야 하는 나이대라는 점도 법률혼을 망설이게 하는 요인 중 하나일 것입니다. 상대 부모가 기력이 쇠하거나 돌아가셨을 때, 법률혼 커플이라면 배우자가 '나랑 상관없는 일'이라며 모른 척할 수는 없는 노릇입니다. 그에 비해, 서로 돕기는 할지언정 상대의 생육가족에 대해서는 개입이나 지출을 하지 않아도 되는 것이 사실혼 커플이지요. 자기 본가 일은 각자가 알아서 처리하는 편이 속 편합니다.

제 경우도 사실혼 관계가 되고 나서 서로의 부모님이 돌아가셨는데, 상대방 부모님의 간병을 도와드린다거나 위독하실 때 달려간다거나 하는 일은 없었습니다. 직접적으로 돕지는 않아도 상대방이 지쳐 있거나 우울해 보일 때 위로할 수는 있는 것이고 그럴 때면 혼자가 아니라 다행이라는 생각이 들곤 합니다.

부모님들이 중년 자녀의 결혼을 원치 않는 경우도 있습니다. 한때는 누구 좋은 사람 없냐며 채근하던 부모들도 자녀들이 중년이 되면 '이제 와서 이상한 사람 만나 결혼하느니 이대로 내 노후 수발이나 들어줬으면……' 하는 생각이 드는 거지요. 사실혼 상태인 한 친구도 이렇게 말했습니다. "엄마가 나보고 제발 부탁이니까 그 사람하고 호적만 올리지 말라는 거야. 아버지도 가셨는데 나까지 결혼하면 쓸쓸할 것 같다면서. 뭐, 그 마음도 이해는 가. 나도 호적 같은 거 올릴 생각 없고."

이처럼 중년 입장에서 사실혼 상태는 심리적인 장점이 많습니다. 저도 결혼한 친구들로부터 좋겠다는 소리를 종종 들어요. "파트너는 있지만 며느리 노릇은 안 해도 된다니, 최고 아니야?" 하면서 말이지요.

확실히 이 상태가 편하기는 합니다. 법률혼 부부라면 서로에게 '남편이니까 이 정도는 당연히 해야지.'라든가, '아내로서 이러저러해야지.' 하는 기대를 품게 되고 상대가 그 기대를 저버리면 종종 사이가 틀어지기도 합니다. 아이라도 있으면 더할 테고요.

한편 사실혼 상태에서는 상대방이 남편도 아내도 아니

라 서로에게 무언가를 당연히 요구하는 마음이 덜합니다. 기껏해야 같이 밥을 먹거나 텔레비전을 보거나, "오늘 이런 이상한 사람 봤어." 같은 이야기를 나눌 수 있는 상대방이 있어 좋고, 그 이상이라면 그건 뭐 더 바랄 나위도 없는 거고요.

경제적으로도 서로 기대지 않기 때문에, 가령 상대방이 갑자기 회사를 때려치우고 사업을 해보겠다고 해도 하고 싶은 대로 하라고 생각할 뿐입니다. 부부였다면 왜 자기에게 한마디 상의가 없었냐며 길길이 화를 내겠지요.

기대는 행복의 가장 큰 적이라고 생각합니다. 사실혼 커플 중에는 상대방에게 기대하지 않는 만큼 사이가 좋은 사람들이 많습니다. '아내', '남편' 같은 직함을 떼어내면 '아내니까 설날에 우리집에 같이 가는 게 당연하지.'라든가, '남편이 됐으면 부인은 먹여 살려야지.' 하는 생각으로 으르렁거릴 일이 없거든요.

그러나 물론 사실혼에도 리스크는 있습니다. 남편도 아내도 아니기 때문에 '제대로 된 사람, 제대로 된 한 쌍이 아니'라는 세간의 시선을 받습니다. 또 한쪽이 병에 걸리거나 사망했을 때 법적인 배우자가 아니면 일이 까다로워집니다. 그리고 보니 전에 지인 중에 동거인이 중병에 걸

렸는데 수술 및 입퇴원 절차가 복잡한 데다 '동거인' 간병하겠다고 회사를 쉴 수도 없는 노릇이라며 호적에 올린 사람도 있었네요.

하지만 수술동의서 등은 법적 배우자가 아니어도 사인은 할 수 있는 모양입니다. 앞으로 법적인 가족이 없는 상태에서 병에 걸리거나 죽는 사람이 크게 늘어날 테니 이런 부분은 개선될 것으로 보입니다. 어찌 되었든 저는 '그냥 이대로 동거했을 때 어떻게 될까?' 하는 실험적인 마음으로 이 생활을 이어갈 것 같네요.

유럽 각국에는 프랑스의 PACS(Pacte Civil de Solidarité, 시민 연대 협약)처럼 동성, 이성을 떠나 공동생활을 하는 사람 누구에게나 부부와 동등한 권리를 인정하는 제도가 존재합니다. 이들 나라에서는 혼인 관계가 아닌 남녀에게서 태어난 아이들이 과반수를 차지하기도 합니다.

지금의 일본은 어지간히 강단 있는 사람이 아닌 이상 법률혼을 하지 않고 아이를 낳아 키우기는 힘든 상태입니다. 이는 저출산의 원인 중 하나이기도 해서, 저는 일본에도 PACS 같은 제도가 있으면 좋겠다고 생각합니다.

이런 제도가 생긴다면 꼭 중년 세대가 아니라도 사실혼 상태를 누릴 수 있게 될 것입니다. 젊은층도 한번 살아보다가 애가 생긴 경우, '지우거나 속도위반 결혼을 하거나' 하는 심각한 양자택일에 내몰리지 않고 '그냥 낳아서 키워볼까?' 하는 생각이 들지 않을까요?

하지만 일본에서 그런 제도가 마련되려면 아직 시간이 필요하겠지요. 이 나라에서는 선택적 부부 별성(일본에서 결혼한 일본인 부부는 성을 하나로 통일해야 한다. 아내가 남편 성을 따르는 비율이 95%로 대부분을 차지한다. 이에 일방적으로 한쪽 성을 따르게 하지 말고 성을 통일할 것인지 따로 쓸 것인지를 각자 선택할 수 있게 하자는 선택적 부부 별성에 관한 논의가 오래전부터 진행 중이다)조차 '가족의 일체감과 유대감이 사라진다'는 이유로 인정되지 않고 있으니 국가가 추구하는 가족상을 더욱 해체할 것 같은 사실혼을 추진한다는 건 꿈 같은 소리인지도 모르겠습니다.

그런데 가만히 보면 오히려 같은 성을 쓰다가 마음이 멀어지는 부부들이 종종 눈에 띕니다. 일본의 부부들은 성을 같이 쓰기 시작하면서부터 일체감을 강화하기 위한 노력을 포기하는 경향이 있습니다. 성은 같지만 한집안에서 별거하는 부부와 성은 다르지만 사이는 좋은 사실혼 커플을 비교했을 때, 국가는 전자가 국익에 더 부합한다고 보는 것이겠지요.

일본이라는 나라가 법률혼한 사람들만 진짜 가족으로 인정하겠다는 것인데, 소수이지만 지원군은 있답니다. 2011년으로 꽤 오래전에 나온 것이긴 하지만 고故 와타나베 준이치(의학박사 출신 소설가. 남녀의 사랑, 삶과 죽음 등을 테마로 다수의 작품을 발표했다. 대표작으로 『실락원』, 『나는 둔감하게 살기로 했다』 등이 있다) 선생님께서 『사실혼, 새로운 사랑의 형태 事実婚 新しい愛の形』라는 책을 내신 걸 발견했거든요. 와타나베 선생님은 생전에 법률혼을 하신 분이지만 다양한 남녀 관계를 살펴보며 '진정한 의미에서 마음과 마음이 이어지는 실질적인 결혼'이 중요하다고 생각한 모양입니다.

어쩌면 와타나베 선생님도 오랜 법률혼 생활 속에 그 속박이 지겹게 느껴진 적이 있었던 게 아닐까요? 다른 사람도 아니고 와타나베 선생님이 이런 책을 쓰셨다는 부분에서 사실혼의 의미가 더 깊게 다가온다 하겠습니다.

일본에는 껍데기만 남은 법률혼 생활에 환멸을 느끼면서도 '애 때문에', '돈 때문에', '남들 시선 신경 쓰여서' 법률혼의 틀 밖으로 나오지 못하는 사람도 많습니다. 그렇기 때문에 더욱더, 법률혼의 틀에 갇히지 않기 위해 사실혼을 선택하는(비록 PACS 같은 제도는 없지만) 사람들이 일본에서 점점 더 늘어날 것으로 보입니다. 법률혼이라는 높디높은 장애물 앞에서 꼼짝 않고 있느니, 마음 맞는 사람과 부담 없이 함께하는 편이 진정한 의미에서 나라를 위하는 일이 될 것 같네요.

18

별별 가족의
시대가 온다!

한때는 다들 하는 것, 할 수 있는 거였던 결혼. 그러나 요즘은 결혼에 도달하기까지가 생각보다 버겁고 결혼을 해도 그 틀 안에 계속 머무르기가 힘에 부쳐 그 앞에서 멈추게 되는 사람들이 많습니다.

또 연애결혼이 대부분인 시대에는, 연애능력이 받쳐주지 않아 결혼이 마음대로 안 되는 경우도 있습니다. 연애에 숙맥이어도 부모나 친척이 적당한 상대와 엮어주던 시대에는 '전국민 결혼' 상태를 유지할 수 있었지요. 하지만 '남이 골라주는 상대는 사절이야. 내 결혼 상대는 내 손으로 찾아내겠어.' 하는 생각이 대두되면서 연애결혼이 주류가 되자 결혼을 하고 안 하고의 여부는 자기 책임이 되었습니다. 부모나 친척, 또는 남의 일을 제 일처럼 신경써주는 이웃집 할머니 같은 분들이 구원의 손길을 뻗어주지 않게 된 것도 독신 증가의 요인 중 하나입니다.

그래도 주변을 둘러보면 대부분의 사람들은 결혼하고 산다는 생각을 지닌 분이 많아 보입니다. 다수파는 역시 법률혼한 부부들이고요.

그런데 우리는 절반 이상의 사람들이 하면 '다들 하는 것'이라고 생각하고, 또 '다들 하는 일'은 '쉬운 일이라 누구나 할 수 있다'고 생각하는 경향이 있습니다. 하지만 지금까지의 삶에서 제가 깨달은 것 중 하나가 '다들 하는 일' 치고 하나같이 쉬운 일이 없다는 것이었습니다.

입시나 취업, 운전면허 취득 같은 걸 예로 들어볼게요. '다들 하는 거니까 나도 문제없겠지.' 하고 가벼운 마음으로 덤볐다가 큰코다친 적, 여러분은 없으신가요? '다들 하는 일'은 일종의 통과의례적인 성격을 띠기 때문에 엄청난 강단으로 무장하고 노력하지 않으면 실패하기도 합니다.

결혼도 그런 행위 중 하나입니다. '남들 다 하는데 나라고 못할쏘냐.' 하고 우습게 볼 일이 아닙니다. 결혼에도 일할 때처럼, 또는 그 이상의 노력을 쏟아붓지 않으면 목표는 이루어지지 않습니다. 세월아 네월아 하고 있다가는 순식간에 '생애 미혼율' 증가에 한몫하게 됩니다.

생애 미혼율이란 오십 살까지 한 번도 결혼한 적 없는 사람의 비율입니다. 2015년 조사에서 일본 남성 중 약 23%, 여성 중 약 14%가 생애 미혼인 것으로 나오는데, 소위 사실혼 관계인 사람도 이 수치에 포함됩니다. 헤이세이시대 초기에 남녀 모두 5% 안팎이었던 것을 생각하면 이비율이 얼마나 급속히 상승했는지 알 수 있습니다.

경제적인 이유나 연애 능력 등 생애 미혼율 상승에는 다양한 이유가 있습니다. 이 수치는 앞으로 더욱 상승할 것으로 보이며 결혼이 '다들 하는 것, 할 수 있는 것'이라는 생각은 이제 옛날 사고방식이 되었습니다.

그렇다면 역시 결혼, 아니 짝 만들기에 신규로 진입하기 쉽도록 규제 완화를 할 필요가 있지 않나 하는 것이 제생각입니다. 앞 장에서 언급한 바와 같이 사실혼 커플에게 법률혼 커플에 준하는 권리를 부여하는 것도 그 하나가 될수 있습니다.

요즘은 짝이라고 해서 꼭 남녀 사이에 국한되지만은 않는다는 인식도 확산되고 있습니다. LGBT라는 말이 요 몇년 사이 부쩍 인구에 회자되고 있는데, 출생 시의 성별과 스스로 인식하는 성별이 일치하며 이성을 좋아하는 사람만 존재하는 것이 아님이 밝혀지고 있지요.

예를 들어 가쓰마 카즈요(저술가이자 경제 평론가, 대학 객원 교수) 씨가 동성과 사귄다고 밝혔을 때, 뉴스를 본 지인 여성 A는 "나도 저럴 수 있을 것 같아." 하고 말했습니다. A는 그때껏 이성하고밖에 사귀어본 적이 없었지만, "그런데 생각해보니까 동성하고도 될 것 같은 거야." 하는 거였지요. 여중이나 여고를 다니다 보면 여자들 사이에 연애감정 같은 것이 싹트곤 하는데, 그녀에게는 그런 느낌이 남아 있어서 파트너가 꼭 남자가 아니어도 된다는 것이었습니다.

"남자들에 대해서는 이제 대충 알겠고, 앞으로 새로운 필드에서 살아보는 것도 재밌겠다 싶어."라는 것이 A의 말이었습니다.

다른 지인 여성 B는 가쓰마 씨 뉴스를 보더니 "나이 들면 여자랑 사는 것도 좋겠다는 생각이 들어요." 하고 말했습니다. B 또한 이성애자로, A와는 달리 자기는 동성애를 느낄 가능성은 제로라고 하네요. 그런 B가 '동성과 살 수도 있겠다'고 하는 것을 듣고 저는 눈이 번쩍 뜨이는 느낌이었어요. 그렇게 생각할 수도 있구나 하고요.

저는 원래 '부부=법률혼한 남녀'라는 전통적인 생각을

가진 인간이었습니다. 그러다가 스스로가 그 제도를 따라갈 수 없게 되면서 '모든 커플이 법률혼 관계일 필요는 없다'고 생각하게 되었고, 나아가 LGBT에 대해 알게 되면서 '이성끼리만 짝이 되라는 법은 없다'는 데까지는 생각이 미쳤지만, 그래도 '성행위를 한 사람들만 커플이 되는 것'이라는 생각에서는 벗어나지 못하고 있었던 거예요.

일본에는 수십 년째 섹스리스인 커플이 많습니다. 아니 오랜 연애나 결혼생활 동안 계속 섹스를 하는 사람들이 오히려 소수겠지요. 하지만 섹스리스 커플이라 해도 '한때 섹스한 적이 있다'는 사실이 두 사람이 함께 사는 기반이 되는 거라고 저는 생각했습니다. 이성 커플이든 동성 커플이든 한때 성적으로 끌린 사람들끼리 짝이 되어 함께 사는 거라고 말이지요.

요즘은 이런 생각도 편협한 것이 되었나 봅니다. 이성끼리든 동성끼리든, 상대방과 성적인 관계를 가진 적이 없어도, 함께 살 사람으로 끌릴 수는 있습니다. 그들이 법률혼을 할 수도 있고 사실혼을 선택할 수도 있지만, 어쨌든 그런 두 사람 역시 가족이 아닐까요?

전통적인 사고방식에서 보자면 아이를 낳아 다음 세대로 이어가기 위한 조직이 가족이었습니다. 그렇기 때문에 커플은 반드시 성적으로 연결되어 있어야 했지요.

그렇지만 요즘은 성욕의 많고 적음이나 성적 지향이 천차만별이라 사람들을 단순히 매칭할 수 없게 되었습니다. 그리고 그로 인해 성과 생활도 분리해서 생각할 수 있게 되지 않았나 싶습니다.

우리는 이미 그 사례를 알고 있습니다. 예를 들어 나카무라 우사기(일본의 소설가, 에세이스트. 쇼핑광으로 유명해 관련 책을 많이 냈다) 씨의 남편은 동성애자인데, 전에 한 대담 자리에서 만났을 때 나카무라 씨가 저를 보고 말했습니다.

"사카이 씨도 게이 남성하고 결혼하면 좋을 텐데. 얼마나 좋은지 몰라요."

그때만 해도 '그, 그런가?' 하며 확 와닿지 않았는데, 지금은 수긍이 갑니다. 성적 욕구는 각자 집 밖에서 해결하되, 평상시 생활은 삶의 리듬이 맞는 사람들끼리 서로 도와가며 영위하는 것. 이런 식의 성과 생활의 분리를 나카무라 씨는 일찌감치 실행에 옮기고 있었던 거지요.

화제를 불러일으킨 고다마 씨의 소설『남편의 그것이 들어가지 않아 夫のちんぽが入らない(한국에도 번역 출간됨. 만화나 드라마로도 만들어졌다)』에도 성과 생활을 분리해 사는 부부가 그려져 있습니다. 주인공은 연애 후 법률혼 관계가 되었지

만 남편이 성기를 아내에게 삽입하는 데 매번 실패하는 부부. 남편이 유흥업소에 다니는 사실을 아내도 알고 있고 그녀 역시 무슨 이유에서인지 남편 이외의 남성과는 '되기' 때문에 혼외정사를 합니다. 하지만 섹스는 안 해도 부부 사이에는 강한 정신적 유대감이 형성되어 있지요.

누군가와 함께 생활한다는 것은 생활의 민낯을 공유하는 것이기도 합니다. 빨기 전의 팬티, 자다 일어난 무방비 상태의 얼굴, 화장실 쓰고 난 뒤의 냄새, 그 어떤 것도 상대방에게 완벽히 숨길 수 없습니다. 그렇기 때문에 서로 알몸을 맞대고 사는 사이, 즉 섹스 파트너와 함께 생활하는 것은 이치에 맞는 일입니다.

하지만 '딱히 같이 자고 싶지는 않지만 생활은 함께할 수 있는' 상대가 있다 해도 이상할 것은 없습니다. 성적으로 끌려 결혼했지만 그 매력이 사라지고 나니 삶의 동반자로서 전혀 맞지 않겠다는 생각에 이혼했다는 부부가 많습니다. 그렇다면 성적으로 끌리지 않아도 생활방식은 딱 맞는 커플도 많지 않을까요?

그러고 보니 고교 시절, 친한 친구와 '어른이 되면 같이 살지 않을래?' 하며 함께 꿈을 나눈 적이 있었습니다. 근사한 아파트에서 함께 음식을 만들어 먹기도 하고, 가끔은 서로의 남자친구를 불러 같이 놀면 재미있지 않겠냐면서요.

성적으로 성숙하고 나서는 이성 교제에 빠져 있느라 그런 꿈같은 얘기는 까맣게 잊고 지냈지만, 지금 주위를 둘러보니 그런 꿈을 실현시킨 사람들이 눈에 띕니다. 두 여자가 사이좋게 둘만의 멋진 생활을 꾸리고 있는데, 두 사람 모두 이성애자에 서로 성적인 관계는 없는 식이지요. 둘은 서로 합이 너무 잘 맞아 앞으로도 계속 그런 식으로 살고 싶다고 합니다.

'커플이라면 둘 사이에 당연히 섹스가 개입돼야 한다.'고 생각했던 저는 그녀들을 보며 고개를 끄덕였습니다. 커플에게 섹스란 필수가 아닐 수도 있겠다 하면서요.

특히 중장년이 되면 그런 경향은 심해지겠지요. 성적인 모험은 여태 많이 해봤으니 이제는 파트너에게 성적인 부분을 요구하지 않는다며 함께 살 사람을 찾는 사람도 있습니다. 여기에 연애감정이 끼어들지 아닐지는 커플마다 다르겠지만, '이 사람과 섹스할 수 있을까?'가 아닌, '이 사람과 매일 밥을 같이 먹을 수 있을까?' 하는 관점으로 상대방을 보다 보면 짝 찾기의 벽은 조금 낮아질지도 모르겠습니다.

우리가 고령이 될 무렵이면 더욱 다양한 형태의 가족

이 출현할 것입니다. 법률혼 부부와 그들의 피를 이어받은 자녀라는 기존 형태의 가족이 멸종될 일은 물론 없겠지요. '자손을 남긴다'는 전통적인 가족의 사명을 완수하기 위해, 법률혼을 한 남녀가 섹스를 통해 아이를 낳는 코스는 여전히 표준형으로 남아 있을 것입니다.

하지만 그 코스에서 벗어나거나, 일부러 피하는 사람들은 더욱 자유롭게 가족을 형성할 것입니다. 남녀, 또는 동성끼리 짝을 이루고, 그중에는 섹스를 하는 커플이 있는가 하면 하지 않는 커플도 있을 것입니다. 아이도 커플 사이에 태어난 아이인 경우가 있는가 하면 한쪽이 데려온 아이일 수도 있고 또는 양자로 들어온 아이일 수도 있겠지요.

성적인 관계가 전혀 없는 이성애자 커플도 드물지 않을 것입니다. 예를 들어 배우자와 사별해서 이제 섹스를 할 마음은 없지만 그래도 누군가와 함께 살고 싶은 경우. 이때 동성보다는 이성이 함께 살기 편할 것 같다는 생각에 젊어서부터 친구 이상 애인 이하였던 사람과 같이 살아본 다든가 하는 식이지요.

이런 움직임은 중장년뿐 아니라 젊은 사람들 사이에서도 확산될 가능성이 있습니다. 젊은이들 사이에서 연애가 귀찮거나 섹스가 노골적인 행위라 싫다거나 하는 이유로 연애와 섹스를 기피하는 현상이 벌어지고 있다고 합니다. 그렇다면 룸메이트도 아니고 위장결혼한 부부도 아닌, 파트너십은 확고하지만 섹스는 하지 않는 커플이 출현하지 않을까요?

보수적인 정치인들은 섹스로 이루어지지 않은 가족이 늘어나는 것을 반기지 않을 것입니다. 섹스 없는 두 사람 사이에는 아이가 태어나지 않을 테고, 그런 가족이 늘어봤자 국력 증강에는 기여하지 않기 때문이지요.

하지만 앞으로는 아이를 낳는 방식도 달라질 거라 생각합니다. 부부 간 섹스를 통해서도 태어나지만, 섹스를 하지 않는 커플에게서도 '섹스는 하고 싶지 않지만 상대방과의 사이에 아이는 있었으면 좋겠다'는 생각은 가능해질 수도 있습니다. 소설가 무라타 사야카의 소설 『소멸 세계』처럼, 섹스 없이 아이를 낳는 방식이 성행할지도 모르지요.

일본의 보수 정치인들은 선택적 부부 별성마저 가족의 일체감을 훼손한다며 반대하고 있습니다. 하지만 가족이라는 생각과 그로 인한 일체감은 외부에서 부여할 수 있는 것이 아닙니다. 예전에는 국가로부터 '당신들은 정상 가족입니다' 하고 인정받은 사람들만 가족으로 살 수 있었지만, 앞으로는 자기들이 가족이라고 생각하면 어떤 형태든

가족이 될 수 있지 않을까요? 아니, 우리는 누가 그것을 '가족'이라고 불러주지 않아도 상관없습니다. 상대방이 이성이든 동성이든, 법률혼 관계든 아니든, 섹스를 하든 안 하든, 마음 맞는 상대방과 함께 사는 것. 그냥 그러면 되는 것이지, 그 형태가 딱히 '가족' 같은 거창한 것이 아니어도 되는 거예요.

특별한 파트너십을 맺는 것이 두 사람으로만 국한되지 않을 수도 있습니다. 세 사람, 네 사람이 섹스를 하기도 하고 안 하기도 하며 살 수도 있을 것입니다. 제 주변에도 레즈비언 커플에 호모섹슈얼 남성이 정자를 제공해서 아이가 태어난 사례가 있는데 함께 살지는 않지만 셋이서 서로 상의해가며 아이를 키울 거라고 합니다.

정형화된 가족상에 연연하지 않는 사람들은 예전부터 있었습니다. 가령 오카모토 카노코(일본의 근대 소설가, 시인, 불교 연구가)는 한때 남편 오카모토 잇페이, 아들 다로뿐 아니라 젊은 의사 애인과 한집에 살았습니다. 카노코에게 애인이 생기자 남편 잇페이가 '그렇게 좋으면 집에 데려오면 되지 않냐'고 해서 이들의 동거는 시작되었고, 일층에는 남편, 이층에는 애인이 사는 집에서 카노코는 위아래를 오가며 살았다고 합니다. 그런 생활이 머지않아 파국을 맞이하자 카노코는 다시 의사 애인을 만듭니다. 그리고 다시 남편, 애인과의 동거 생활이 시작됩니다.

이때 카노코와 남편이 이미 섹스리스 상태였기 때문인지 두 번째 동거 생활은 잘 굴러갔다고 합니다. 셋이서 유럽에 다녀오기도 할 정도였습니다.

유럽에서 돌아온 카노코는 시대의 총아가 되어 불교 연구 및 소설 집필 분야에서 활약했습니다. 그러나 그 뜻을 다 이루지 못하고 마흔아홉의 나이로 세상을 뜨지요. 카노코 사후, 남편과 애인은 온 도쿄 도내의 장미꽃을 사들인 뒤 구덩이를 파고 카노코의 시신이 흙에 닿지 않도록 장미로 감싸 묻어주었다 합니다. 이쯤 되면 세 사람이 가족이든 아니든 상관없지 않을까요? 그들 사이에 피어난 것은 가족애 같은 작은 것이 아닌, 인류애 또는 믿음에 가까운 것이었을 테니까요.

가족은 분명 멋진 것이지만, 가족이 유일무이한 행복의 형태였던 시대에는 갑갑함이 우리를 따라다녔습니다. 번식 행위만이 사람을 이어주는 것은 아닙니다. 번식을 목적으로 하지 않는 섹스, 섹스 없는 정情, 또는 둘 다 없어도 돈만 있으면 된다든가, 돈이 없어도 음식 취향이 일치한다든가 하는 식으로 다양한 연결 방식이 존재합니다. 그

런 다양한 방식을 통해 내 옆에 있는 사람들과 서로 인정
하고 인정받을 때 일본도 조금 더 살기 편한 나라가 될 수
있지 않을까 생각해봅니다.

/

나가며

/

가족은 '당연하게 존재하는 것'이 아님을, 어른이 되어 깨
닫습니다. 있는 게 당연했던 생육가족은 머지않아 나이 들
어 죽어가고, 새로운 가족을 만들려면 자기 힘으로 결혼,
출산, 육아를 해야 하는데 하나같이 그냥저냥 살다가는 해
낼 수 없는 일들이니까요.

제 부모님도 가족을 만들고 지키기 위해 고생이 많으셨
을 것 같습니다. 크고 작은 불화야 있었지만 어떻게든 분
열되지는 않은 우리집. 지금 그 가족이 자연적으로 소멸해
가는 모습을 하늘에서 바라보며 두 분 부모님은 어떤 생각
이실까요?

'가족은 당연히 존재하는 것이 아니다.'

이 사실을 인류는 태곳적부터 알고 있었을 것입니다. 동서양을 막론하고 사람들은 '결혼해서 아이를 낳지 않은 자는 사람이 아니'라는 식의 생각을 침투시키기 위해 종교, 법률 등 다양한 수단을 동원해 열심히 노력해왔지요. 일본도 예외는 아니었지만, 그럼에도 저처럼 기존의 가족 범주에서 벗어나는 사람이 늘어난 것은 가족을 규정하는 틀이 너무 엄격했기 때문이 아닐까요?

제2차세계대전 전의 엄격한 가부장제나 전시의 '아이 다섯 이상 낳기 운동', 전후의 '일하는 아버지와 전업주부 어머니와 아이 둘' 같은 가족 모델처럼, 이 나라에는 언제나 국가의 상황에 맞춘 '권장 가족 모델'이 준비되어 있었습니다. 그 틀 안에 있기 위해서 누군가가 엄청난 인내를 감수해야 했지만, 틀 안에 있으면 살 수는 있었습니다.

하지만 이제 틀에 묶여 살기 싫은 사람들이 속출하고 있습니다. 기존의 갑갑한 틀을 벗어나 틀 밖에서도 살 수 있다는 사실을 우리는 이미 알고 있습니다. 그렇게 새로운 틀을 만드는 이가 있는가 하면 아예 틀과는 무관한 삶을 사는 사람도 있습니다.

한편, 남녀가 만나 법적으로 혼인해서 아이를 낳는다는 전통적인 가족 모델도 새롭게 재조명되고 있습니다. 사실 지금 젊은이들은 젊었을 때 결혼하고 싶다는 생각이 강하고, 요즘 가정의 분위기도 제가 어렸을 때와는 비교가 안 될 정도로 화목합니다.

가족에 대한 생각이 둘로 나뉘고 있다는 뜻이겠지요. 기존의 엄격한 틀이 싫어 일탈하는 사람이 늘어날수록, 틀 안에 있는 사람들은 그 안에서 자신이 보호받고 있다는 생각이 강해져 틀을 더 꽉 붙잡게 된 것 아닐까요?

정치판에서는 진보 세력이 한번 힘을 얻으면 얼마 안 있어 그 반작용처럼 보수의 대반동이 일어나는 양상을 세계적으로 찾아볼 수 있습니다. 가족에서도 비슷한 현상이 일어나는 중인지도 모르겠습니다.

앞으로 가족의 보수화가 진행되어 틀을 벗어난 사람이 특수한 존재로 남게 될까요? 아니면 가족의 다양화 속에 법률혼 관계의 남녀 역시 수많은 가족의 형태 중 하나로 여겨지게 될까요? 일본이 어느 쪽으로 나아갈지는 아직 알 수 없지만, 후자가 많은 사람들에게 더 살기 편한 세상이 아닐까 싶어요.

부모에 대한 고마움을 일상적으로 표현하며 사는 요즘 젊은이들과 달리 저는 부모님 생전에 감사하다는 말씀 한 번 제대로 드려본 적이 없습니다. 그런데 이렇게 가족에 대해 새삼 생각하다 보니 가족이라는 안전한 틀 안에서 저를 키워주셔서 진심으로 감사하다는 생각이 드네요. 매일같이 불단 앞에서 합장한 채 "고맙습니다." 하고 중얼거리는 제 모습, 그리고 이때 전통적인 가족을 만들지 않은 데 대해 까닭 모를 죄책감이 드는 제 모습에서 어딘가 일본인스러움을 발견하며, 그렇게 저의 하루하루가 지나갑니다.

마지막으로, 가족의 위기감을 표지 디자인으로 표현해주신 요리후지 분페이님, 스즈키 치카코님, 가족에 대해 생각할 기회를 주신 슈에이샤의 곤노 카즈코님, 그리고 끝까지 읽어주신 독자 여러분께 감사 말씀 올립니다.

2019년 봄
사카이 준코

출처

슈에이샤 학예편집부 사이트 「학예/논픽션」
http://gakugei.shueisha.co.jp
(2018년 1월~2018년 9월)

슈에이샤 논픽션편집부 사이트 「요미타이」
https://yomitai.jp
(2018년 10월~2019년 2월)

가족 종료

2020년 10월 28일 1판 1쇄

지은이 사카이 준코 | **옮긴이** 남혜림
편집 최일주, 이혜정, 김인혜 | **디자인** 백창훈 | **제작** 박홍기
마케팅 이병규, 양현범, 이장열 | **홍보** 조민희, 강효원
인쇄 천일문화사 | **제책** J&D 바인텍

펴낸이 강맑실 | **펴낸곳** (주)사계절출판사 | **등록** 제406-2003-034호
주소 (우)10881 경기도 파주시 회동길 252
전화 031)955-8588, 8558 | **전송** 마케팅부 031)955-8595, 편집부 031)955-8596
홈페이지 www.sakyejul.net | **전자우편** skj@sakyejul.com
트위터 twitter.com/sakyejul | **페이스북** facebook.com/sakyejul
인스타그램 instagram.com/sakyejul | **블로그** skjmail.blog.me

979-11-6094-671-0 03830

이 책의 국립중앙도서관 출판시도서목록(CIP)은 다음 홈페이지에서 이용할 수 있습니다.
http://www.nl.go.kr/ecip CIP제어번호: CIP2020029971